JN126064

上州国盗り物語

那波一門史

藤原文四郎

郁朋社

はじめに

古くは上野《こうずけ》の国と呼ばれた群馬県。群馬県に生まれれば、誰しもがすぐに思い浮かべることができる堂々とそびえる赤城山と雲ひとつない紺碧の空。

今からおよそ五百年前のその紺碧の空の下、那波宗俊《なわむねとし》は赤石城の北およそ三キロの所にある琴平山（現伊勢崎市華蔵寺）をじっと見据えていた。琴平山のはるか後方には、地上での些細な出来事など、まるで関心が無いかのように、赤城山がより一層と空の青さを際立たせそびえ立っていた。

永禄三年（一五六〇年）の秋、長尾景虎、翌年には甲斐の武田信玄と、あの四度目の川中島の合戦を行う後の上杉謙信は、越後の精兵を引き連れ、初めて関東平野へ繰り出してきた。宗俊が見据える琴平山には、その越後勢の先鋒部隊が既に陣取っているのである。

長尾景虎の越山は、北条氏によって越後に追われていた関東管領上杉憲政の失地回復を目的としている。今は、その上杉憲政も景虎の軍勢と行動を共にしている。

まず越後勢は、北条方の守る沼田城を一蹴した。その後は厩橋《うまやばし》（現前橋市）まで、ろくな戦《いくさ》をせずに兵を進めてきた。そして次の目標は、上野にて北条方の最前線としてある那波の討伐である。

那波宗俊は、北条氏康の平井城（関東管領上杉憲政の居城、現藤岡市）攻めに際し、河西の衆を一戦も交えずに那波勢の味方につけたと『仁王経科註見聞私《におうきょうかちゅうけんぶんし》』にある。河西の衆とは、上杉管領方の長野氏・安中氏など利根川西岸の有力国衆のことである。上杉憲政にとって、那波宗俊は平井城落城の原因を作った最も憎むべき存在なのである。

那波宗俊のいる赤石城は、現在の伊勢崎市北小学校の北側にあった。城の西側は、広瀬川に面した断崖となっている。また北側も、川に沿って深い谷があり守りは堅い。宗俊は、この赤石城を中心に越後勢との合戦を行う。しかしながら、寡は衆に敵せず那波は降伏する。

永禄三年十月の北条氏康の書状では、那波攻めは十月上旬から十二月十二日とある。およそ二か月の間にわたり、大軍勢の越後勢を相手に那波勢は良く戦ったといえる。

長尾景虎の大館陸奥守へ送られた那波攻略についての書状が残されている。那波が北条方の有力な豪族であり、那波攻略の政治的な意義は非常に大きかったと書かれてある。

赤石城落城の際、那波宗俊の嫡男宗安《むねやす》は城から打って出て、敵数騎を切り伏せてから遁走した豪の者であると記録にある。その後の宗安は、武田信玄のもと武田牢人衆を束ね、那波無理之介と名乗る。無理を承知で敵陣に切り込む所からつけられた名であるという。

那波攻略後の景虎の軍勢には、関東の諸豪族が雪崩をうって加わり、最終的に十一万三千まで膨れあがったと『関八州古戦録』にある。

那波を攻略した越後勢は年末を那波で過ごし、年が明けると小泉の富岡氏を攻略し、その後館林の赤井氏を滅亡させた。そして三月には北条氏康の小田原城の総攻撃に入る。しかしながら小田原城のその守りは堅く、景虎は、およそ一か月後にはその包囲を解き、鎌倉の鶴岡八幡宮にて関東管領の就任式を行い、その後越後へと戻ることになる。長尾景虎改め上杉謙信三十二歳の時である。

那波降伏の後、宗俊の次男顕宗《あきむね》は人質として上杉方に差し出されたが、その後謙信のもとで元服し、那波家は顕宗によって再興が許される。

その後の那波家は、戦国の荒波の中、上杉・北条・武田と、目まぐるしく主を変えざるを得なかった。そして最後は北条方として、豊臣秀吉の小田原征伐を迎え、那波家は全ての領地を没収され没落する。

那波家は豊臣秀吉の小田原征伐にて没落してしまうが、同年（天正十八年）に行われた秀吉の奥州仕置きに際し、那波顕宗が那波家再興を目指し、旧家臣共々上杉景勝の陣に加わる。

そして太閤検地に抵抗する奥州の一揆勢との成瀬川の戦いが那波家の最後の戦いとなる。

その後の那波家は、顕宗の子安寿丸が上杉家の重臣安田若狭の養子となり、安田家の家督を継いでいる。今も米沢市川井の慶福寺にその墓はある。

那波の家臣達は、安寿丸と共に安田家に付き従った者もいるが、多くは土着し帰農する。また中には、その後伊勢崎に入封した徳川家家臣の酒井家などに仕官をする者もいた。

天和八年（一六二二年）、伊勢崎市の泉龍寺で執り行われた那波顕宗三十三回忌の法要では、多くの那波家の旧家臣らを確認することができる。
これらの那波家旧家臣らの名は、現在も伊勢崎市やその周辺で多く見られる。戦国時代の荒波の中、多くの苦難を乗り越え、祖先達がたくましく生きていたその地に、子孫達は今も根づいているのである。

本書を那波家とその家臣らに捧ぐ。

上州国盗り物語　那波一門史／目次

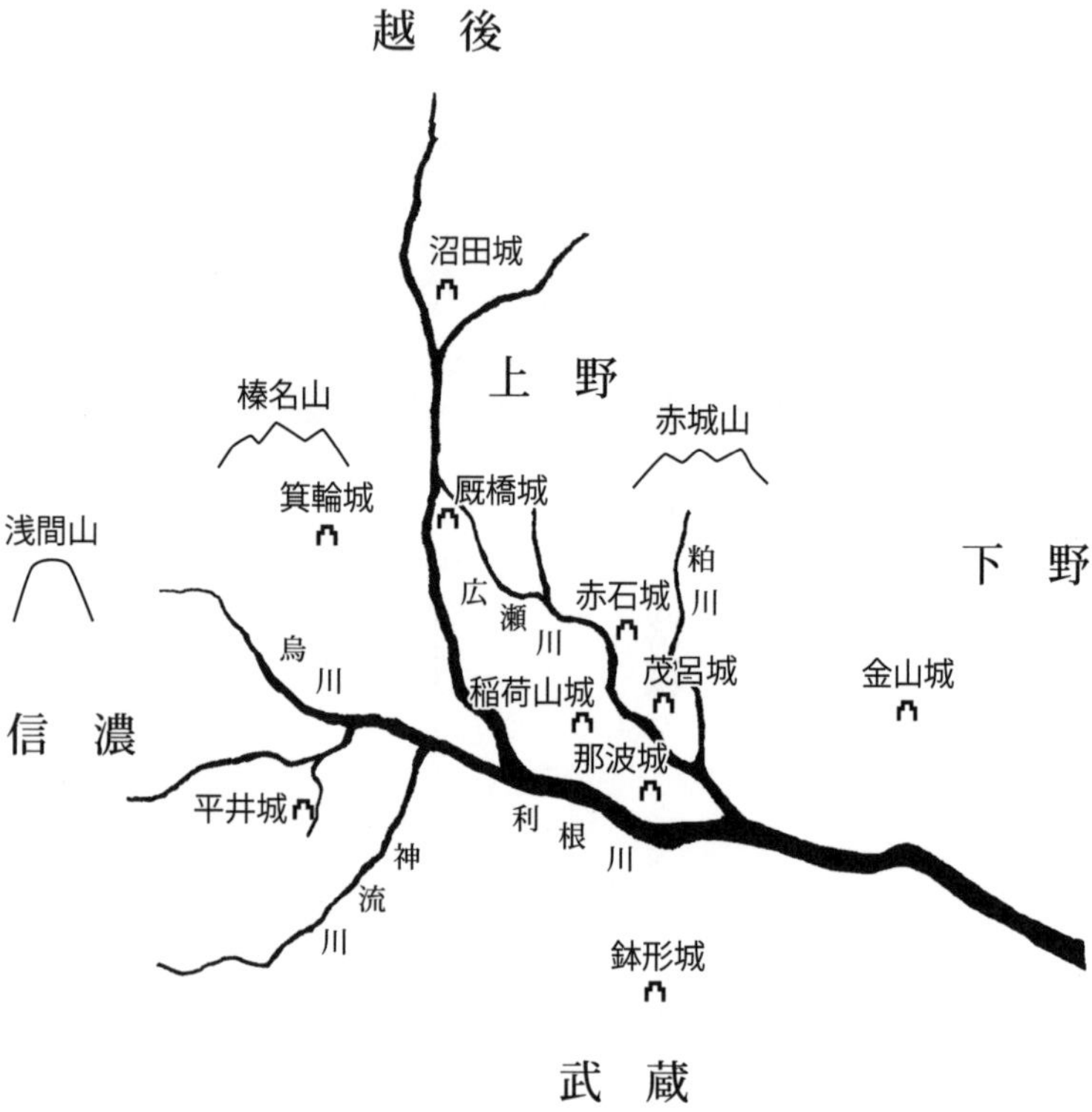
越後
沼田城
上野
榛名山
赤城山
箕輪城
厩橋城
浅間山
粕川
下野
広瀬川
赤石城
烏川
茂呂城
金山城
稲荷山城
信濃
那波城
平井城
利根川
神流川
鉢形城
武蔵

上州国盗り物語

那波一門史

一　小田原詣

「殿、ご覧くだされ、遠くに赤城山が見えてきましたぞ」

　先頭を行く友右衛門は、馬上から後方の主君那波讃岐守宗俊に対して、柄にもなく笑顔を見せながら大きな声で振り向いた。

　永禄三年（一五六〇年）の正月からおよそ一か月のあいだ、那波宗俊は小田原と鉢形《はちがた》の北条氏を訪問している。友右衛門のその顔と声から、所領の那波郡（現群馬県伊勢崎市）に近づいてきたのがよほど嬉しいのが見てとれる。

「おお赤城か、今日のような冬の日には、空の青さと赤城山の青さがより一層だな」

　宗俊も、はるか遠くに見える赤城山に目を細めた。北条の小田原詣からようやく解放され、所領の那波に近づいたのを実感し、ひと安心した様子である。

「友右衛門、わしはな、坂東太郎（利根川）の流れを前にした上州の山々の景色が一番だと思うておる。目の前に光り輝く坂東太郎、正面に赤城山、左手に榛名山、そして遥か西には浅間山。しかも、時期は空気が澄んでいるこの冬こそが一番じゃ」

「確かにその通りでございます。小田原から眺める富士のお山はたいそう立派でしたが、冬の上州の山々に勝てるものではございません。それに赤城山を見ると、つくづく故郷に帰ってきたことを実感いたします」

友右衛門は、後ろの宗俊の横に馬を近づけていく。

小田原の北条詣からようやく解放された嬉しさからか、宗俊はいつになく多弁である。

「我々の何代も前のご先祖様も、鎌倉や遥か京の都へ行った帰りに、これと全く同じ景色を見ていたのかと思うと何とも言えんな。世の移り変わりは早いが、この景色はいつの世でも変わらん」

宗俊は感慨深そうに馬を止め、遠くの山々を見つめている。いつもと変わらぬ穏やかな冬の日である。

江戸時代に入り中山道が整備されるまで、相模の国と呼ばれた現在の神奈川県から埼玉県西部を通り群馬県に入る鎌倉街道が主な街道であった。その鎌倉街道を北上し、埼玉県寄居町を抜け、荒川を渡り小高い丘に登ると、遥か彼方に上州の山々を望むことできる。

那波宗俊の所領上野の国の那波郡は、ここからさらに鎌倉街道の支道を北へ抜け、現在の埼玉県本庄市を通り、坂東太郎と呼ばれる利根川を渡った所にある。鎌倉時代には那波の庄と呼ばれていた地である。

明治初期の那波郡は、上陽・玉村・芝根・宮郷・名和・豊受の各村から構成されていたが、宗俊の時代の那波領はもっと複雑になる。現在の伊勢崎市のほぼ全土と、前橋市の南部、高崎市の東部、それに玉村町が組み込まれている。

天文十二年（一五四三年）より以前の利根川は、現在の伊勢崎市の市内を流れる広瀬川の所を流れていたが、宗俊の時代の利根川の流れは、ほぼ現在の流れに近い。ろくな堤防のない当時の利根川は、烏川《からすがわ》と合流する際にその川幅が一層と広くなっており、また毎年のように、その流れを変えていた。当時の那波領は、現在は利根川の南部にある埼玉県の久々宇《くぐう》、山王堂・沼和田・小和瀬なども含んでおり、上里町の八町河原の塩原五ヶ村も那波領であったと記録にある。

『小林家文書』によると、当時の那波郡南部には利根川と烏川が並行して流れており、南側を流れる烏川が上武国境となり、利根川と烏川に挟まれた地域は「那波郡南」と認識されていたとある。

上杉家に伝わる『御家中諸士略系譜』には、「十二万石那和駿河守顕宗」とある。十二万石かどうかは定かではないが、那波家の全盛時代には北条氏の信任も厚く、東上州の太田の由良氏に比べても遜色ない規模であったのではないかと思われる。

「だが友右衛門よ、あの赤城山の向こうに見える山々の雪が融ければ、いよいよ越後勢との大戦《おおいくさ》じゃ。あの長尾景虎と数万の越後の軍勢が押し寄せてくる」

宗俊のその言葉に友右衛門は、

（なぁに、越後勢なんぞ……）

と、口にしようと思ったが、何か気が引け、ただ遠くに見える越後の山々を暫くじっと見ていた。二人の間の空気は重い。

「殿、街道をもう少し行きますと、あの曝井《さらしい》の湧水があります。そこでひと休みはいかがでしょうか」

その重い空気を払い去るかのように、友右衛門は話題をかえた。

「おお曝井だな、小田原にいく際にも寄ったが、そこでひと息つけるか。この調子だと利根川を渡る前に久々宇殿の館に顔を出しても、日没前には十分那波へ着けそうだな」

「はっ、既に先発隊がその旨を伝えるべく、本日の早朝に那波に発っております。殿が城に着く頃には、力丸様、山王堂様ら主だった方々が城にてお待ちになっておる手筈です」

宗俊主従は少し足を速め、鎌倉街道を北上し一路曝井の湧水をめざす。鎌倉街道を北に向かうに従い、赤城山は徐々に大きく、そしてあざやかな青に変わっていく。そして上州名物の「からっ風」と呼ばれる冷たい季節風も顔に強く感じるようになってくる。


曝井の湧水は「万葉集」第九に「三栗の那賀に向へる曝井の絶えず通はん其所に妻もが」とある歌の発祥の地と言われている。

その清水の湧き出る井戸は、現在も川岸に残されており、江戸時代の国学者橘守部《たちばなもりべ》撰文の碑がひっそりと建っている。周囲は北武蔵の丘陵地帯となっており、ありし日の鎌倉街道を忍ぶことができる。

一行はその曝井でしばらく休んだ後、現在の本庄市を抜け、那波城へは予定のとおり日没前に着いた。

那波城では、およそ一か月ぶりに、小田原から宗俊ら一行が帰ってきたので大騒ぎである。主だった家臣達が総出で出迎えていた。

那波氏はあの平将門の乱を平定し、「俵藤太物語」の百足《むかで》退治伝説でも名高い藤原秀郷《ひでさと》を遠祖とし、その子孫の那波太郎季弘を家祖として始まる中世からの豪族である。藤原秀郷のその子孫達は、北関東の各地に広く力を延ばしており、足利氏（藤姓）、宇都宮氏、小山（結城）氏、大胡《おおご》氏、山上氏、赤堀氏なども枝分かれしており、各々に所領を持っていた。

保元の乱が起こると、源義朝の軍勢の中に那波太郎季弘の名前が見られる。その息子の那波弘澄は、木曽義仲の軍に属し平家方と戦っていたと記録にある。

木曽義仲は頼朝よりも先に上洛し、征夷大将軍となったが、最終的には頼朝に追われ京を落ち近江の国で討たれてしまう。那波弘澄は最後まで木曽義仲と行動を共にし京の六条河原での合戦にて討死し、義仲と共に那波氏は没落してしまう。

が、那波弘澄の妹が、鎌倉幕府の重鎮大江広元の三男政広を婿に迎えていたことが幸いであった。政広は義父弘澄の所領であった上野の国那波郡を譲渡され、那波政広と名乗る。那波家は、大江系那波氏として存続が許されたのである。

大江家は五十一代平城《へいぜい》天皇の皇孫で、平安時代以来の文章道を家学とした貴族であり、菅家（菅原氏）に対して江家と言われた名門である。大江広元は、源頼朝公の鎌倉幕府開府のおり京都からわざわざ呼び寄せた初代政所の執事として鎌倉幕府の中枢を担い、頼朝の死後は北条家を支え幕府体制の基礎を築いている。この大江家との関係がなければ、那波家は木曽義仲と共に滅んでいた筈である。

大江広元には、那波氏を継いだ政広を含め五人の息子達がいる。その子孫達は鎌倉時代末期の戦乱をくぐり抜け、広く全国に散らばっている。四男季光は毛利姓を名乗り、明治維新で中心的な役割をした長州藩毛利家の祖となっている。

余談ではあるが、大江広元の三男政広の出生については、頼朝の愛妾伊橡が懐妊後、正妻の政子の異常なまでの嫉妬を避けるため大江広元と相談し、大江家に下されたとの説がある。しかしながら、その真実は定かではない。


「おお友右衛門、小田原、鉢形ではいかがであった」

那波城の大手門を通る際、友右衛門に最初に声を掛けてきたのは本家の当主である根岸又右衛門であった。親切にも、友右衛門の息子友一郎を連れてきてくれている。

「父上、北条氏康殿、氏政殿とお会いできたのですか」

那波から初めての小田原北条詣から帰ってきた父に会い、友一郎はだいぶ興奮している。しかしながら友右衛門は、友一郎とは視線を合わそうともせず、

「又右衛門殿、このような所までお出迎えをして戴き恐縮でござる」

と、まずは礼を述べた。

「今年こそは長尾景虎が山を越え、上州に繰り出してくるのは明らかですから、北条家は我々を大いに歓迎してくれました。殿は氏政様ばかりか氏康様にも何度もお目通りしております」

「で、氏康様からはどの様なお話を、氏康様は越後勢との合戦をどこでとお考えか……」

又右衛門は、すぐにでも友右衛門から、小田原と鉢形でどのような話があったのかを聞きたい。矢継ぎ早に友右衛門に質問を浴びせる。

「氏康様は、那波勢にいくらかのご加勢を送る約束はしてくれましたが、まだ北条方は越後の長尾景虎が、どこまで本気なのかを掴みきれていないようです。我々那波勢にしてみれば、越後の長尾景虎が関東管領の上杉憲政様と越後の山々を越えてくるからには、旧関東管領家の上州での領地を回復し、北条方のくさびとしてある我々那波を血祭りにあげようと考えているのは明らかですが……。まあ北条方にしてみれば、今は直接景虎とぶつからなければ、それに越したことはないと考えている節があります。利根川以南に景虎が足を踏み入れなければ本格的な合戦はしたくないというのが本音ではないでしょうか」

友右衛門は、越後勢が那波を攻めてきた際、北条方が那波を見捨て利根川以南に引き籠もる可能性が高いのではと思っている。

「まあ詳しいことは、殿からのお話を聞いて戴ければと思います」

友右衛門と又右衛門は、友一郎を門の所に一人残し、城の本丸へ向かって歩きだした。

友一郎の視線は、久しぶりに会ったのにも関わらず、一言も声を掛けてくれなかった父の後ろ姿を寂しそう追っている。その友一郎の顔を、日の短い冬の夕日が照らしている。時刻は申の刻（午後四時頃）をまわった頃であろうか、日が沈むまであとわずかである。

那波城は、現在の伊勢崎市堀口町にあった。伊勢崎市立名和小学校の校庭の隅に「那波城跡」と記した徳富蘇峰《とくとみそほう》の碑が建てられている。しかし残念なことに、今はその遺構をほとんど見ることはできない。

那波城の古図がある。古図によれば七十メートル四方の方形の本丸を囲み、東西百五十メートル、南北二百五十メートルほどの二の丸があり、その周りに東西三百三十メートル、南北五百メートルの外構えがある。本丸、二の丸、外構えのいずれもが土塁と堀にて囲まれ、城の南東の隅には昌雲寺がある。虎口は、本丸と二の丸の南に設けられているが、外構えの虎口は北・西・南にある。

江戸時代には城のすぐ前を日光例幣使《れいへいし》街道が通っていたことから、那波城は昔から交通の要地であったことがわかる。

城の北西には飯玉《いいだま》神社がある。

『伊勢崎風土記』には、飯玉神社は寛平元年（八八九年）に国司の室町中将により創建され、応仁の乱以降は田園が荒廃したため、那波城主が飯玉・飯福《いいふく》九十九祠を分祀したとある。那波城の北西にある現伊勢崎市堀口町の飯玉神社は、その総本社であり、特に那波城下にあって城主から崇敬されていた。

この飯玉神社の参道は、東に国道が通ることにより残念ながら大幅に削られてしまった。かつては祭事の際、流鏑馬が行われていたという。現在も短いながらもその参道は残っており、足を運べば往時を忍ぶことができる。

城の広間に入ると、家臣の主だった者が宗俊ら一行を待っていた。那波八家の力丸日向、上宮弾正、山王堂修理、福嶋兵部、田中嶋左近、田中淡路、蓮沼、馬見塚等の面々を含む五十名ほどである。

まず宗俊の方から、このたびの小田原、鉢形の北条家への訪問をしていた間、那波領では特に問題が起こることがなく平穏無事であったことを家老の力丸日向に礼を述べた。その後、北条方との話について宗俊から家臣らに説明がなされた。

越後勢の越山時には、まずは越後勢の動向をよく見極め軽挙な行動に出てはいけないこと。北条勢は、氏康がみずから利根川の南に陣を張り、越後勢の動き次第では利根川を渡り那波領まで繰り出す考えがあること。いくらかの北条からの援軍を那波城に入れること。越後勢が那波領まで押し寄せてきた際には那波では籠城を基本の策とし、相手があまりに多勢であれば城を捨て、利根川以南の那波領まで退き鉢形城から繰り出す北条勢との連携を取ること。

これらが宗俊から説明された。北条方は、利根川以北の北条勢力のくさびとしてある那波をなんとしても守り、今後の北条家の上州への進出を有利に進めていきたいと考えている。

集まった主だった家臣の中から、まず重臣の山王堂修理が口を開く。

「たとえ越後勢が多勢で城を攻めてきたとしても、一戦もせずに城を捨て、利根川の南まで逃げるのは納得がいきませぬな。他の上州の諸将に恥を曝すことになります。北条殿は、我々那波勢がその程度のものとお考えなのでしょうか」

と、不満そうに宗俊に目をやった。

「氏康殿は、越後勢がそう長くは関東に留まれないと考えておるようだ。そして、できれば今はこちらから戦をしかけるべきでないとのお考えじゃ。領地を越後勢に一時荒らされるのは悔しいが、それもひとつの策かと思う」

そう答えた宗俊には、悔しいがそれもやむを得ないとの表情が見てとれる。

「それでは北条方は、今回は越後勢との大きな戦にはならないと見ておられるのですな」

家老の力丸日向が話に入る。

「氏康殿は、たぶんそうなると見ている。景虎の初の越山だからな。だが氏康殿は慎重だ。越後勢はもちろん、上州の多くの諸将の所へ間者を送り、しっかりと状況を見極めようとしている」

その慎重さが北条家の今日を築いているのであろうと、宗俊はつくづく氏康に感心している。

力丸日向は、宗俊が小田原の北条詣でをしているあいだ、上州の諸将の動向を探っていた。

「沼田城には、北条方より北条孫次郎殿が入られておりますので、沼田顕泰殿は北条方にお味方しております。しかしながら越後勢が押し寄せてくるとなれば、箕輪の長野業正《なりまさ》様がおりますから、沼田では何日も抑えられますまい。沼田があっという間に越後勢に落とされれば、上州の諸豪族は雪崩をうって越後勢に加わるかと思われます」

と、力丸日向は上州の諸将の動向を報告した。

「太田の由良はどうだ」

宗俊は太田の由良氏の動向が気になる。

「わかりかねます。間違いなく北条方からは引き止め工作、越後勢からは寝返り工作の密使を何度も送っていると思います。が、まだはっきりと態度を決めかねているように見受けられます」

力丸日向も、由良勢の動きを何とか見極めようとしているが、由良は北条方にも越後勢にも、のらりくらりとしているようである。

「いずれにしても、沼田での成り行きによっては、どうころぶかわからないということだな」

山王堂修理は、沼田城があっという間に落ちれば、由良は越後勢に寝返ると見ている。

太田の由良の動きについては、宗俊は北条方とも何度も話をしている。

「由良については、氏康殿、氏政殿にも良く頼んである。由良が越後勢につくとなると、那波を除き東上州まで全て越後勢となってしまうからな」

由良勢の動向は、宗俊にとっても大きな心配事である。お互いに領地を接している所から那波と由良は今まで幾度となく戦っており、今でも関係はあまり良くない。


当時の上州は、西は関東管領家の重鎮箕輪の長野業正がおり、東は太田の由良氏がいる。

長野業正は、関東管領の上杉憲政が長尾景虎と越山してくるのであれば、越後勢につくと見られる。

そこへ太田の由良氏までもが加わることになれば、越後勢は一気に那波攻略を考える可能性が高い。

まさに那波家存亡の危機となる。

沼田である程度越後勢を食い止めることができれば、上州の諸将もなかなか動静を見極めることができない。その時には、北条勢が利根川の北に繰り出すことも氏康の考えにある。厩橋（現前橋市）、または那波のあたりまで北条勢が繰り出し越後勢と睨み合えば、北条方に従っている上州の諸豪族の越後勢への寝返りを防ぐことができる。

しかし景虎が那波攻略を本気で考え、越山をしてきた場合には話が異なる。沼田では何日も持ちこたえられず、越後勢は関東平野の北部に雪崩のように繰り出し、上州諸将は由良氏を含め多くが景虎に付き従うであろう。

そうなっては那波には気の毒だが、北条勢は利根川の南まで引き、川を挟んで越後勢と睨み合うしか策がない。しかしながら、そうしているうちにも冬が近づき、雪で道が閉ざされる前に越後勢は越後に帰っていくだろうと氏康は見ている。

「氏康殿は、上州の諸将に多くの密使や文を送っている。鉢形から兵を繰り出し由良勢を牽制し寝返りをさせず、北条方のくさびとしてあるこの那波を守り、今後の越後勢との戦いを有利に進めたいと考えているのは確かだ。それを那波にも良く理解してもらおうと考え、今回わしを小田原までわざわざ呼んだのじゃ」

宗俊は那波の重要性、由良氏についての那波家臣達の懸案について、北条方が十分承知している旨、家臣の皆の顔に目をやりながら説明した。

北条氏康は慎重だ。景虎のこの初の越山から、上州の諸豪族の動きと景虎の戦ぶりを見極めたいのである。そして、越後勢の勢いがあまりにも強く、景虎が噂通りの戦上手であれば、最悪利根川の南まで引くのはやむを得ない策なのである。

「今は無理をする必要はない。景虎の初の越山だからな、北条方では景虎は無茶をせず年末には越後へ帰るだろうと見ておる。その場合、決戦は次の越山となるだろう」

宗俊は、あえて楽観的な見通しを口にした。家中の不安を抑えるためである。

しかし、那波の家臣達は不安を隠せない。

「確かに総大将の景虎は今回が初の越山ですが、越後勢は既に何度も越山して上州にきております。今は西の平井城（現藤岡市）にも越後勢がいくらか入ってきております。この様な状況が、この先まだまだ続くとは思えませんが……」

山王堂修理は、景虎が初の越山で大軍勢を越後から繰り出す旨の書状を、上州の諸将に既に送っていることも指摘した。またその書状には、関東管領上杉憲政が景虎と共に越山するということが付け加えられているという。

「越後の安田殿から、その旨の書状はもらっている。そして北条方に付くことの不利も知らされておる」

安田景元からの書状のことは、今まで宗俊の胸の中だけにしまってあった。宗俊からその書状のことを突然知らされた家臣らは、動揺した。

「殿、それでは殿には、越後勢へとのお考えもあるのですか」

力丸日向は驚きを隠せず、膝を前にだし、間髪を入れず宗俊に聞いた。

「いやそれはない。日向も憲政様の顔をまた見たいと思っておるのか」

宗俊は笑いながら力丸日向に答え、そして次のことを皆に言った。

「皆も知っている通り我々那波家は、もともとは関東官領上杉家に従っておった。が、河越の合戦以来、あまりに多くのことがあり、憲政様にはつくづく付き従う難しさを感じた。そして、あのお方のもとでは当家の将来が危うくなると考え、今は北条家に従っておる。なるほど、越後の長尾景虎は聞きしに勝る戦上手のようじゃ。人物もなかなかと聞いている。しかしながら越後は北のはるか向こう。そして、もとは上杉官領家に従っていた我々を厚くもてなしてくれた北条家の氏康殿、氏政殿は小田原にいる。那波の目と鼻の先の松山城、鉢形城には今も北条方の軍勢がおり、我々那波の後詰として控えていてくれている。那波は、これからも北条家に忠義をつくすつもりでいる。わしの気持ちは決して変わらん」

「それでは安田様へのお返事は……」

安田景元からの書状の返事をどうすべきか、力丸日向は頭を痛めた。安田景元からしてみれば、恩のある那波家のことを思い親切心から出した書状であることはわかっている。

「特に返事はいいだろう。へたに返事でもして、痛くも無い腹を後々北条方に探られても困るからな」

宗俊は、特に気に留めていない様子である。それというのも越後の安田家と那波家は、古く深いつながりを持っている。そして安田景元も、宗俊の性格を良く知っているからである。


越後の安田氏は、越後毛利一族で那波氏と同じ大江一族である。新潟県柏崎市に安田城址が今も残されている。

越後内の諸事情から安田氏は、永正六年（一五〇九年）那波家へ幼い景元を託している。そして六年後の永正十二年、景元は家来と越後に潜行し安田城を奪い取り、長尾為景（景虎の父）から安堵を受け、安田家の家督を継いでいる。

景元は宗俊より十六歳年上であるが、那波に世話になった恩義を忘れておらず、今でも何かと付き合いがある。

景元にしてみれば、景虎が初めて大軍を率い関東へ越山する決意を知り、幼い時に世話になった那波家のことが何かと気掛かりなのであろう。しかしながら宗俊の性格を良く知っている景元は、はいそうですかと宗俊が簡単に越後勢に加わるとは思っていない。

確かに那波家は、関東官領上杉家の家臣団の中では小豪族であった。何の苦労もせずに関東管領として育った上杉憲政には気に掛けてもらえず、河越の合戦ではあわや全滅の危機となり、かろうじて切り抜けることができた。憲政にしてみれば、那波家のような小豪族は使い捨てなのだろう。対して、いわゆる伊勢新九郎（北条早雲）から成りあがった北条家の那波への対応は違った。苦労人は、人を引き付ける術を知っている。

宗俊が初めて北条氏康、氏政親子と対面した時、氏康は那波氏の木曽義仲公以来の歴史に敬意を表してくれた。これは北条なりのやり方かも知れないが、宗俊には嬉しかった。また、上杉憲政からはめったに声を掛けられることはないが、呼ばれる時は宗俊と呼び捨てにされるのに対し、北条家では那波殿と呼んでくれている。

北条氏康は、五十七歳で死去するまでの三十六回の合戦において、一度も敵に後ろをみせず、体の九か所の傷は全て向かい傷であったと伝えられている豪の者である。しかしながら稀にみる読書家でもあり、和歌さえたしなんでいた。那波家では、平安時代からの大江一族の子孫らしく和歌をたしなむ。また宗俊も読書家である。それも北条家に親しみを感じる理由である。上杉憲政に気に入られるには、和歌はともかく酒と白拍子に金を使う必要がある。

確かに北条にしてみれば、上州に勢力を伸ばす上で那波家は地理的に重要な所に位置している。関東管領上杉憲政を越後に追いやったが、西上州にはその重鎮長野業正を中心とした旧上杉管領家の家臣団が、未だに強い団結をしており、依然として北条方からの誘いを拒み続けている。そして長尾景虎の越山を待っている。

東上州では、新田一門の由良氏が強い勢力を持っている。今は北条方に由良氏は従っているが、もともとは古河公方足利氏に従っていた。その経緯もあり、上杉方によしみを通じているように見える。

その様な状況の中、北条家に忠実な那波家は、北条方にとって上州攻略の大事な足掛かりなのである。また地理的な足掛かりとしてではなく、氏康は宗俊に政治的な動きも期待している。

那波家は、鎌倉以前からの古い家柄である。従って、上州の諸豪族との縁戚関係が長く顔が利く。北条氏康と氏政は、上州の各豪族への働きかけも宗俊にいろいろと頼んでいる。

那波家は地理的にも政治的にも、北条勢力の上州でのくさびの役目を担っているのだ。新興大名の北条氏には、那波家のような鎌倉以来の豪族が必要なのである。

宗俊にしてみれば、有無を言わさず頭ごなしに命令がくる憲政より、北条家の方が、はるかにやりがいを感じるのだ。

宗俊と主だった家臣とのやりとりは、およそ二時間ほどで終わり、その後は宗俊の帰還を祝い酒宴となった。

酒宴の帰りに又右衛門は、友右衛門の屋敷を訪ねた。

友右衛門の屋敷の北側には、幅はそう広くはないが川が流れており、周りが低い土塁と生け垣で囲まれている中世の豪族屋敷のたたずまいである。敷地はおよそ六百坪程度であろうか。

友右衛門の屋敷の門を入ると、白と黒のぶち模様の犬がくるくると激しく回り吠えたてた。又右衛門が「俺のことを忘れたのか、このばか犬め」と大きな声で一喝すると、暗い中を尻尾をふって又右衛門の所へやって来て足に頬ずりをしてきた。

犬が吠えると、すぐに友右衛門の使用人が顔を出し、「お待ちしておりました」と、又右衛門を屋敷の中に案内した。

おくりの座敷と呼んでいる客間にて、又右衛門と友右衛門は火鉢を囲んで酒を飲みながら話をはじめた。

友右衛門の息子友一郎は、部屋の片隅の少し離れた所で話を聞かせてもらっている。もちろん友一郎には火鉢などはない。また話に口を挟むことも、父の友右衛門から許されていない。

又右衛門がそんな友一郎を見かね、

「友一郎も火鉢の近くに呼んだら良いではないか」

と、友右衛門に言ったが友右衛門は、

「友一郎は、まだ一人前ではないのでご遠慮をさせて戴きます。こうして又右衛門殿との話を聞かせてもらうだけで十分です」

と言い、友一郎もそれに納得した顔をしている。

「本日の殿の話であるが、殿は安田様からは長尾景虎に従った方が良いと言われているのであろうな」

又右衛門は、宗俊の近くにいつもいる友右衛門であれば、何かしらを知っているのではないかと、友右衛門の顔をまじまじと見ながら盃をあけた。

「いや、拙者は何も聞いてはおりません。ただ、昨年の秋から頻繁に安田様からの文が届けられていることは事実です」

友右衛門は、又右衛門に酌をしながら答えた。

「では殿の心の中では、越後勢につくというお考えも多少はあり、迷っておられるのであろうか」

「いや、それはないかと思います。本日殿が言われたように、我々那波家は憲政様のために今までに散々な目にあってきております。又右衛門殿も、殿が憲政様にはつくづく愛想をつかしておるのを良くご存じかと思いますが……」

友右衛門がそう言うと、又右衛門は十五年前の河越での合戦を思い出した。河越の合戦の時は、友右衛門は那波にて留守を守っていた。しかし又右衛門は、宗俊に従い出陣している。河越の合戦とは、世に言われる「河越夜戦」のことである。

二　長野業正と河越の合戦

天文十五（一五四六年）四月、河越城を守る北条綱成を助けるため、氏康は約八千の兵を率い、河越城の包囲をしていた山内上杉憲政、扇谷上杉朝定、古河公方足利春氏の連合軍八万を攻撃し、これをみごとに打ち破った。上杉朝定は討死、上杉憲政は命からがら平井城（現藤岡市）に逃げ帰ってくるのが精一杯であった。

この戦は北条方の大勝利であり、以後関東での北条氏の地位は不動のものとなり、関東の覇者に大きく近づくのである。

ことの起こりは、もともと扇谷上杉の持ち城であった河越城を、上杉憲政と上杉朝定が、北条氏康から取り戻そうとした所に始まる。

憲政は駿河の今川義元にも声を掛け、東西から氏康を牽制し河越城を奪還しようと考えた。今川義元も駿河の長久保城を氏康に奪われていたので、この氏康包囲網に加わった。

氏康にとっては、反北条勢力として両上杉・今川同盟に義兄弟の古河公方まで加わる最悪の事態である。あろうことか、それに加え、甲斐の武田信玄までもが今川義元と同盟し、さらには昨年平定した三浦半島の情勢も不穏となってきた。氏康は、あらゆる所へ多くの兵を割かなければならない状況であり、この時、まさに北条は四面楚歌であった。

氏康が河越城の援軍に駆けつけた時、河越城に籠城する北条綱成の三千の軍勢は、東に古河公方足利晴氏、西に扇谷上杉朝定、南に山内上杉憲政、北に扇谷上杉朝定配下の太田資正と、なんと八万を超える大軍勢に完全に包囲されており、落城まであとわずかという状況であった。

しかしながら包囲する連合軍も、半年もの籠城戦で相当に疲れが見えてきている。連合軍は大軍で包囲しているだけで、何故か城を攻めようとしない。三千人程で守っている河越城であれば、一万程度の軍勢が本気で攻めれば楽に落とせる筈であるが、悲しいかな憲政も朝定も、それができる直参の手勢を持っていないのだ。憲政には関東管領という権威はあるが、八万を超える軍勢を動かせる能力も人望もなかったのである。八万の軍勢であれば、わざわざ河越城を包囲せず小田原を一気に突くといった策もある。笑い話のようではあるが、連合軍は大軍で河越城を包囲していれば、城は自然に落ち戦いは終わるものと思っているのである。

その状況から氏康は、連合軍はまさに烏合の衆であると見た。連合軍の兵の士気もゆるんでいるのが至る所で見られる。まともに戦っては、とても勝てないと思っていた氏康であったが勝機が見えてきたのである。


氏康は八千の軍勢を率い三ツ木原へ着陣し、連合軍が兵を繰り出すと、陣を武蔵府中（現東京都府中市）まで引くこと四度。北条勢は弱く戦意に乏しいと連合軍の兵士達に信じ込ませた。

そして氏康は義兄弟の古河公方晴氏に対し、河越城とその領地の献上と城兵の助命嘆願の使者をたびたび送り、晴氏に媚びへつらい腰抜け武士を演じ続けた。上杉憲政へ対しては、うわべだけの和睦の仲介依頼をあらゆる方面から行った。

日が経つにつれ、出兵してみたものの到底勝ち目のない氏康が進退に窮しているものと連合軍は信じた。そして、その状況を誰もが疑わなくなり、北条勢が本気で合戦する気がないものと勝手に思い込み、氏康がやがては降参するものだと決め込んでしまったのだ。

兵達の話題もそれで持ちきりとなり、士気は緩み、夜どころか昼間も鎧を着けない者が増え、中には昼から堂々と酒を飲む輩《やから》も出てきた。

いつの世でも起こることであるが、連合軍の誰しもが、自分達の都合の良いことを勝手に信じ、疑わなくなってしまったのである。そこへ、北条勢の突然の夜襲が行われる。まさに油断大敵である。

北条方では、笠原越前を夜襲部隊の先陣とし、大道寺など北条方の生え抜きの部隊が河越城の包囲軍に激しく切り込んだ。

この夜襲のための準備に氏康に怠りはなかった。時間を十分に使い、地形の偵察や包囲軍の状況をつぶさに偵察していた。また合言葉を決め、各自白の目印を着用し、松明など一切の明かりを用いることを禁じた。

奇襲を行う北条勢は、士気がないように見せかけておきながら、全ての兵が北条家の置かれた四面楚歌の状況を良く理解している。その危機感から士気は十二分に高く、必死の夜襲での切り込みであった。

北条勢は、まず上杉憲政の砂久保の本陣に突入した。その後反転し、城の西に陣取る扇谷上杉朝定を攻撃した。これに呼応して城内の北条勢も城門を開き東明寺口を打って出た。多勢をたのんで油断しきっていた両上杉・古河の連合軍は、この北条方の夜襲にあっけなく崩壊し、松山口に向かって一目散に敗走を始める。

この夜襲により、扇谷上杉朝定は討ち取られてしまう。

上杉憲政の御馬廻りの倉賀野三河守、本間近江守らの諸将らは、大将の上杉憲政を何とか逃そうと必死に踏み留まって戦ったが、最後には北条勢に飲み込まれ討死してしまう。その隙に、憲政は何とか平井城に敗走することができた。

北条方は勢いにのって連合軍を追いまくり、討ち取った首の数は、はかり知れないと記録にある。一説には、古河公方方と両上杉方の戦死者の数は一万三千余にのぼるという。

この河越夜戦の結果、当主を失った扇谷上杉家は滅亡、本拠の平井城へ敗走した山内上杉憲政は、関東での影響力を急速に失っていく。関東公方足利家と、その執事である関東管領家の権威は、決定的にその地位を失墜してしまうのである。そしてその代わりとして、戦国大名の北条氏が台頭してくる。

河越の合戦は、関東において、室町幕府体制が終焉したことを意味する大きな転換期の出来事であった。

河越の戦いにおいて、那波勢は上野衆の中にいた。

宗俊にとっては幸運であった。後方に、同じ上野衆の長野業正の陣があったのだ。長野氏は、上杉管領家に従う西上州の大豪族である。周囲の小豪族・国人を取りまとめており、長野業正の人望は高い。その集団は箕輪衆と呼ばれている。

河越での戦に宗俊は八百の兵を動員したが、業正は二千の兵を引き連れてきている。箕輪衆全体であれば、ゆうに五千を超えている。

長い河越城の包囲のあいだ、お互いの陣が近いこともあり業正と宗俊はおのずから親しくなった。業正にしてみれば、お互い古くからの上州の豪族であり、親子ほどの年が離れている宗俊に対して親しみが持てたのであろう。

ある日業正は、宗俊と二人だけで箕輪勢と那波勢の陣の周囲を馬で回った。

「那波殿にも、氏康からの文は幾度となく届いておるのだろう」

突然、業正は宗俊に聞いた。

宗俊は、いきなりのこの問いかけに動揺した。その気になれば、「那波は裏切りを考えている」と、誅殺されるかも知れないのだ。

宗俊が返事に窮していると、

「わしも、氏康からの文は何度ももらっておる。箕輪にいた時には、氏康の使者に幾度も押しかけられてもいる」

と、業正が打ち明けた。

宗俊は落ち着きを少し取り戻し、ここは小知恵を使わず、正直に全てを話すべきだと腹を据えた。

宗俊は、その性格も思慮の深さも業正に感服している。へたな小細工が通じる相手ではないと観念をしたのである。

「確かに戴いております。しかしながら、さすがに国を離れてからは氏康からの文は届いておりません」

と、宗俊は正直に答えた。

「那波殿は正直だな。この業正を信じ、正直に話してくれておるのかな」

業正は、笑みを見せた。

「この数か月の間、長野様と幾度となくお話をさせて戴き、多くのことを学んでおります。それなりに学問をしてきたつもりですが、この宗俊、長野様に比べればまだまだでございます。長野様相手に、へた小細工をする度胸は毛頭ございません」

宗俊は、少し緊張ぎみに答えた。

「まあまあ、そんな謙遜をしなくとも。那波殿、人間あまりまじめすぎてもいけませんぞ。そちらの家来衆は、常にピリピリしているではありませんか。主君がいつも険しい顔をしていたら家臣は窮屈でかなわん」

業正は、暇に任せて近くの那波の陣の様子をちょくちょく見ている。そして宗俊以下、皆がいつも緊張してピリピリしていることを感じていた。

これでは包囲戦が長引き、何かが起こった時に那波勢は既に疲れ果てており、まともな働きができないだろうと業正は感じ、宗俊にやんわりと忠告をしたのである。

「しかしながら那波は、長野様の軍勢に比べればケシの粒の様なものでございます。常日頃から気を張っておらぬと不安でたまりません」

「話をしなされ、ご家来衆の方々と、戦以外のいろいろなことを。そうすれば、こんな陣中でも退屈はしない。そして宗俊殿の考えをよくわかってくれる。いざ戦が始まった時には、それが役に立つ」

宗俊はここまで業正に言われて（なるほど、長野様はこれが言いたかったのか）と、業正の顔をまじまじとみた。

業正は、宗俊が自分の言いたかったことを理解してくれたことを確認し、さらに話を続ける。

「但し、ご家来衆に頼られる大将としての心構えは必要である。そうでないと、見通しの見えない戦に家臣達は不安でたまらん」

業正はちらりと宗俊に目をやった。憲政のことを暗に指摘しているのである。

河越城の長い包囲で退屈なのはわかるが、総大将みずからが軍紀を乱し、憲政は昼間から酒を飲んでいる。しかも包囲はしているが、この戦をどう終わらせるかの考えがまるでない。河越に集まった武将達は、誰もが不安でたまらない。兵糧の確保でさえ簡単ではないのだ。

重臣である業正の言うことは聞かない。古河公方と扇谷上杉朝定の両人が一緒にいれば、なおさら意地を張り、業正の言うことになどには聞く耳を持たない。

宗俊は、業正と憲政が話をしている席に何度か同席したことがあるが、あきらかに業正を遠ざけようとしているのが見て取れる。しかも業正をどなることもできないので、代わりに一緒にいる者にその矛先が向かう。宗俊も憲政にちくちくといびられている所を、幾度となく業正に助けられている。

上州の諸将は、大きく二つに分かれている。西上州の長野業正の箕輪衆と、東上州の由良氏を中心とする新田衆である。

この二つの間に、少し規模の小さい厩橋衆があるが（現在の前橋市を中心とする）、那波は、これらのいずれにも属していない。従って強い後ろ盾のない宗俊は、いつも憲政の良い標的にされてしまう。

武州（現埼玉県）の半分を切り取った氏康は、上州への侵攻を既に考え始めており、上州の豪族達をよく見ている。

憲政と関係がうまくいっていない業正、箕輪衆にも新田衆に属していない那波。しかも那波は、地理的には東上州と西上州の間にあり、北条方が、唯一くさびを打ち込んでいける可能性がある所である。

業正も、そのことが良くわかっているからこそ、宗俊に氏康からの誘いに関しての探りを入れてみたのだ。

業正は、宗俊とは一世代離れている。

業正が若い頃は、公方と管領の室町体制が関八州にそれなりに安定をもたらしていた。しかしここ数年、業正は憲政に愛想をつかしはじめている。たとえ、今回の河越での戦にかろうじて勝てたとしても、長い目で見れば、憲政では北条氏康には対抗できないのは明らかである。

今は憲政に従っているが、業正は長野家の将来ため、今後も関東管領に従い続けて良いとは思うことができない。かといって、今の室町体制を破壊する侵略者の北条氏康は、到底受け入れることはできない。業正は今後の長野家の進むべき道が、まだはっきりと見えていない。

業正であっても、長野家の将来を思案している状況である。このような状況下では、おいおい宗俊が氏康からの誘いに乗っても、無理のないことだと業正は思っている。

「那波殿、いずれにしても今回のこの戦の結果次第ですな。うまく氏康を関東から追い出せば、氏康からの文もこなくなろう。しかし……」

業正は、この戦が簡単に終わるとは思っていないようだ。宗俊はそれを察した。

「長野様は、この戦がうまくいかない場合もあるとのお考えですか」

宗俊のその問いかけに、業正は遠くの河越城を見て黙ったままである。

宗俊は、矢継ぎ早に問いかける。

「現に北条勢は、この十倍の軍勢に何もできないではありませんか。しきりに氏康が和睦の仲裁を懇願しているとも聞いております」

業正は、宗俊の顔をしみじみと見て、

「那波殿、もし那波殿が氏康の立場だったらいかがいたす」

と、問いかけた。

「いくら氏康でも、今回ばかりは和睦以外の道はないかと思います」

宗俊は、そう答えた。

「皆がそう思っておる。だが失礼ながら、北条家は那波家とは違う。祖父の伊勢新九郎が一族共々多くの血を流しながらここまで家を大きくしてきておる。今までの氏康のやり方を見ていると、この度《たび》の氏康のふるまい、あまりにも納得がいかん」

確かに業正に言われてみればもっともである。今まで幾多の激しい戦を切り抜けてきた北条氏康が、こうも簡単に和睦を求めてくるとはとても信じられない。

「憲政様は、どうお思いなのでしょうか」

宗俊はこの河越城の包囲の中、宗俊の知らない所でも、憲政と業正との間で何度も話し合いが持たれていると思っている。

実際業正は、同じことを既に憲政と朝定に対し何度も進言している。しかしながら両上杉の大将は、生まれながらのお坊ちゃま達である。氏康をまったく疑うべくもなく、だらだらと氏康のペースで和睦の交渉を進めているだけである。

業正が、「氏康の言うことに耳を貸してはならない」と何度も進言しても、上杉朝定、上杉憲政は共に取り合わない。河越合戦の時には、憲政二十四歳、業正五十五歳である。年寄りの冷や水と言われてしまえばそれまでである。

古河公方足利晴氏については、「せっかく義兄弟の氏康が、お互いに血を流すのを避け、和睦をしたいと言ってきているのにじゃまをするとは何事だ」と、氏康を信じてまったく疑わない。

「那波殿、くれぐれも用心してくだされ」

宗俊は、今後の那波勢のためにも業正の考えていることをもっと知りたい。

「もし、もしもでござりますが、長野様が氏康であったら、どんな策をお考えになりますか」

「そうさなあ……那波殿は、この戦で氏康が一番討ちたい敵は誰か知っておるかな」

業正は、宗俊に問いかけた。

「それは河越城を北条から取り返したいと思っておる朝定様でしょう。北条家の長年の敵でもあり、今回の戦のきっかけを作った張本人でもありますから」

「そう、その様に我々連合軍は、それぞれ立場が異なる。ことの発端は朝定様で、憲政様は、この機会に氏康をひとつ懲らしめたいとの考えで出兵してきた程度である。公方晴氏様については、氏康の義兄弟であるから今一つ腰が重い。わしが氏康であれば晴氏様に和睦をお願いし、憲政様には媚び諂う。そして……」

業正は宗俊の顔に目をやる。

「そして、氏康はどうするのでしょうか」

「和睦がうまくいかなかったら戦じゃ」

「しかしながら、およそ八千対八万、十倍の開きがありますが……」

宗俊は八万の包囲軍に対し、いかに氏康といえども打つ手がある筈はないと思っている。

「那波殿であれば、和睦がうまくいかなかった時にはいかがいたす」

「逃げるしか手段がありませぬ」

「どこへ」

業正が宗俊に問う。

「どこへと言われても、小田原城にきまっております」

宗俊は、業正の質問の意図がよくわからない。

「八万の軍勢が北条勢を追うがいかがいたす。いや八万ではない、今は北条方にいる武将でも、雪だるま式に寝返りが起こる。十万はゆうに超えるであろう」

業正は、その状況が目の前に見えているかのように、河越城を包囲している軍勢に目をやる。

「北条は、逃げたら負けるということでしょうか」

確かに業正の言う通りだろうと宗俊は思った。北条勢が退却をすれば、寝返りがいたるところで起こり氏康に勝ち目はない。

「左様、間違いなく北条家は終わりじゃ。滅亡する。だから氏康は和睦に精を出している、今はな、はっはっはっ」

と業正は笑った。そして……

「和睦では駄目だ、北条に将来はない」

と、ぽつりと口にした。

「しかし、八千対八万では、とても戦になりませんが」

「確かにそうだ、源の九郎義経殿でも無理であろう。だが、誰かに裏切らせるというやり方がある。きっと古河公方様の所へは、毎晩氏康の所から使者が行っておるだろうて、金子でも持ってな」

業正は、さらに続ける。

「だが難しいだろう。古河公方様は裏切りをするようなお方ではない。よほど、公方様の家来に腹黒い者がいれば話は別だが」

「業正様の所へはいかがですか、氏康からの使者が裏切りを言ってきておりますか」

業正の所へも、氏康の所から「裏切りをしてくれ」と、使者が来ているのかも知れないと宗俊は思った。

「箕輪勢は小勢だ、しかもわしの直属ではたかが二千の兵だ。上野（現群馬県）と下野（現栃木県）の二つの国を氏康がくれると言ってきても何もできんよ。もちろん、そんな気はないがな、しかし……」

業正は宗俊の顔を見ながら続ける。

「奇襲という手もある」

「八千対八万では、奇襲で何とかなるものではないかと思います。皆酒でも飲んで寝ていれば話は別ですが」

宗俊は、さすがに八万の包囲軍相手では、奇襲でも無理だろうと思っている。

「そう、那波殿の言う通りじゃ、夜襲となれば話は違う、まだ勝負になる」

業正のその言葉に、宗俊は、はっとした。

「氏康は、今は間違いなく、和睦でうまくことを運べれば良いと考えている筈じゃ。だが氏康がこちらの陣のだらけた様子を見て何とかなると思ったら、間違いなく裏切が起こるか夜襲の可能性がある。わしだったらそうする。北条が滅亡するかどうかの瀬戸際だからな。那波殿、くれぐれも用心しなければなりませぬぞ。これが年寄りの冷や水ですめば良いがな、はっはっはっ」

業正は、笑いながら言っているが、その目には笑いはない。おそらく自分の読みは、外れないだろうと思っている。

「那波殿、いざという時には我々箕輪衆と行動を共にしてくだされ。こちらも少しでも人数が多いほうが助かるのでな」

「長野様、こちらの方こそ宜しくお願いしたいと考えております。那波は小勢です、遠慮なく箕輪衆を頼らさせて戴きます」

宗俊は業正の思慮の深さに感服し、もしもの時には、遠慮なく箕輪衆を頼ろうと思った。この河越では管領上杉憲政でなく、この長野業正を頼らなければ、那波勢はけし粒のように吹き飛んでしまうのだ。

その後宗俊と業正は、那波の陣と長野の陣の周りを馬で一緒に回り別れた。

長い河越城の包囲のあいだ、業正の兵達も宗俊の兵達も、業正と宗俊が馬で一緒に回っている所を何度も目にしている。家臣らの間にも、おのずから交流が深まってきている。これも業正の狙いである。


河越城の包囲は、その後もしばらく続く。連合軍による包囲は約七か月におよんだ。そしてついに天文十五年（一五四六年）四月二十日の夜がくる。

業正は注意を怠っていなかったが、それ以上に氏康の夜襲は巧であった。松明をひとつも使わず、後方の憲政の本陣を狙い突然激しく夜襲を仕掛けてきた。

緩みきっていた憲政の本陣が、まず夜襲の直撃をくらったのがいけなかった。これも氏康の日頃の観察のたまものである。

だらけきっていた憲政の兵達は、寝耳に水と刀を取る暇もなく、味方の陣中を具足もつけずに馬や駆け足で逃げ回り、味方の被害を一層と大きくしてしまった。あばれ馬にけられ死ぬ者も多数でた。そして味方の同士討ちも至る所ではじまる。

那波勢は、河越城への最前線にいたのが幸いであった。後ろに陣を張っていた業正の箕輪勢が盾になってくれたおかげで、夜襲の最初の直撃を受けなかったのだ。だが崩れた憲政の軍勢と共に北条勢がなだれ込んでくると、那波勢も大いに混乱した。

しばらくすると乱戦の中、業正から宗俊に使いがきた。河越城に向かって引けとの指示である。

(無茶な、城からの新手に挟撃されたら、箕輪衆、那波勢ともひとたまりもないぞ)と、宗俊が判断をしかねていると、業正の息子吉業《よしなり》が騎馬で駆けつけてきた。

「那波殿の軍勢が動かなくては、箕輪勢の進退がどうにもなりません。那波殿、早く父上が言うように河越城へ向かってお引きくだされ」

と、馬から素早く降り、宗俊に告げた。

「しかし、城からの新手が……」

宗俊が言いかけた所で、それをさえぎるように吉業は、

「こちらに来た夜襲の敵は少なくみても五千、城からの新手が向かうとすれば、西の朝定様の陣に向

かうはずだと父上が言っております。ご安心くだされ、まずはこの混乱の中を抜け出すことが肝要です」

吉業は乱戦を切り抜けてきた興奮を隠せず、大声で宗俊に言った。

宗俊は不安があったが、業正がそこまで言うのであればと、河越城の方角へ向かって那波勢を退却させる。

言われてみればもっともである。城の南に陣取る上杉憲政の本陣と配下の兵は五万を超えている。五万を超える大軍相手の奇襲部隊であれば、おそらく氏康は全兵力八千の兵を使っていると業正は見抜いたはずだ。

そして、河越城から北条綱成の三千の兵を繰り出すのであれば、西の上杉朝定か東の足利晴氏の軍でなければならない。そうしなければ、奇襲が憲政の陣についてのみの限定的なものになり、持ち直した連合軍に奇襲部隊が挟撃される可能性が高い。連合軍を追い払うことはできないのである。前にも述べたが、東の足利晴氏は氏康の義兄弟であり腰が重い。そして、この合戦での氏康の最大の敵は上杉朝定である。

かろうじて那波勢は、箕輪勢と共に軍隊としての機能を維持しながら踏ん張って退却戦を続けている。しかし周りの上杉勢は逃げの一手である。次から次に、北条勢も切り込んでくる。宗俊も自ら槍を手に奮戦している。ここで北条勢に後ろを見せたら全軍総崩れとなる。

乱戦の中、ついに業正の息子吉業が深手を負ってしまう。業正も老齢ながら、自ら槍を振るっている。北条勢が、もうひと押ししてくれれば業正、宗俊とも首が取られるまでの状況に追い込まれた。が、やはり氏康の一番の敵は、上杉朝定であった。憲政の陣を襲った北条の奇襲部隊は、かねてからの示し合せの通り、全軍が河越城の西に陣を張る上杉朝定の陣をめがけ、方向を変え切り込んでいった。

これにより上杉朝定の軍は、河越城から繰り出した北条綱成の三千の兵と氏康の奇襲部隊八千に挟撃される形となり、全軍総崩れとなる。

そして大将の上杉朝定は、北条勢の重囲《じゅうい》に陥りついに首を取られる。

古河公方足利晴氏の軍に対しては、氏康はわざと攻撃の対象としなかった。氏康との間に何らかの密約があったのかはわからないが、晴氏の軍は上杉勢の救援もせず、ただ事態を傍観していただけであった。

晴氏は翌日も動かず、そのまま滞陣していたが、結局河越城から繰り出してきた北条勢に追い払われた。

河越の合戦では、氏康はまずは情報、次に謀略を駆使し、そして最後は兵の強さで勝利をもぎ取ったのである。

河越城の包囲軍にとっては、散々の負け戦であった。

業正、宗俊とも命拾いをしたが、まだ戦は終わっていない。包囲軍の河越から松山口(現東松山)への総崩れが始まる。

業正は、深手を負った息子吉業を箕輪に先に送り、河越から追撃してくるであろう北条勢への反撃を促すべく憲政を探した。が、既に大将の憲政は、鎌倉街道を北に一目散に逃げ去った後であった。残された憲政の軍勢は悲惨である。軍としての機能をなさず、皆てんでんばらばらに上州を目指して落ちていく。

（これではまずい、組織的な行動ができない。敗残の兵達が北条勢の追撃により、皆殺しになってしまう）と、業正は思った。既に松山城には、北条勢が向かっているとの知らせも耳に入ってきている。

松山城は一日ももつまい、と業正は思った。

河越城にて上杉朝定が討死し、松山城主の難波田《なんばだ》憲重《のりしげ》も命を落としたというからだ。

松山城の城兵は城を捨て逃げるか、北条勢に降伏するか、いずれであろうと業正は思った。

業正は、北条勢の追撃を恐れながらも、かろうじて軍隊として機能している箕輪勢を中心に敗残の上州勢を松山城の北方でまとめ、北条勢の追撃を牽制しながら巧みに退却戦を展開している。

そこへ北武蔵の鉢形城主の藤田重利が業正に泣きついてきた。藤田重利は、業正と同様に関東管領上杉家の重臣である。

重利は、このまま上州勢が総退却をしてしまうと、北条勢が一気に鉢形城まで押し出してくる可能性があり、できれば上州勢に鉢形城に入ってもらい、一緒に北条勢を牽制してもらえないかと助けを求めてきたのであった。重利は、由良勢を中心とした東上州の諸将にも頼んでみたが、東上州勢は重利の頼みを無視し上州を目指し、一目散に落ちている。

河越にて倉賀野三河守、本間近江守等が討たれ、上州勢の主だった武将達の行方もほとんどわからない。業正は宗俊を伴い重利と会うこととした。

「那波殿、藤田殿からお願いの件は、既に使いの者から聞いておるかと思う。わしは、藤田殿には申し訳ないが、箕輪勢もまだ混乱しており、兵達もあの夜襲の恐ろしさから精神的にも立ち直っておらぬ。ここは上州まで引くしかないと考えておる。那波殿はどうお考えじゃ」

業正は、重利の前で宗俊の考えを聞いた。

「確かに、このまま北武蔵に留まるのは相当な肝の太さが必要かと思います」

と、宗俊が口にすると、重利の表情が曇った。

宗俊が続ける。

「長野様、我が那波勢の被害は小さくありません。そして、まだ北武蔵の山中を逃げ回っている者も多くおります。この者達をやすやすと北条の落ち武者狩りの餌食にはさせたくはありません。それに鉢形城は那波の目と鼻の先、北条勢は鉢形が落ちれば勢いに乗り、利根川を渡り上州まで一気に繰り出してくるやも知れません。鉢形の今日は那波の明日、那波勢は小勢でたいした役には立たないかも知れませんが、ここは藤田様の言われる通り鉢形城に入ろうと考えております」

重利は、宗俊の言葉を聞いて少し安堵した。だが、なんとしても業正の箕輪衆を引き留めたい。

業正は、宗俊の考えは間違っていないと思った。だが小勢の那波勢が鉢形に入っても、状況はあまり変わらないと見ている。かと言って、箕輪衆は、まだだいぶ浮足立っている。早く上州に帰り、家臣達を安心させてやりたいという気持ちの方が強い。

それを察したか、宗俊は続ける。

「那波には既に使いを出し、今回の敗戦と上州勢の敗残兵の収容についての指示をしております。那波の留守部隊も利根川の南へおいおい繰り出してきましょう。箕輪領は那波のはるか北、長野様はご家来衆のことを考え、ここはお引きくだされ。既に那波には伝えておりますので、那波領に入り一息ついてもらって構いません」

宗俊にここまで言われると、業正の腹は決まった。鉢形城に入る決心をしたのだ。

業正は、箕輪衆が鉢形城に入れば、北条勢が鉢形城まで繰り出してくる可能性は五分五分であると見ている。ここは宗俊のその心意気に賭けるのも悪くはない、と思ったのである。

業正は松山城の方向に目をやりながら、

「那波殿の言われる通りじゃ。鉢形城が取られれば、北条勢とは烏川を挟むか利根川を挟んでの戦いになる。ここは北武蔵でもうひと踏ん張りするのも悪くはなかろう。それに鉢形城は荒川に面している要害じゃ、藤田殿、その通りでござろう」

と、重利に顔を向けた。

重利は業正の所へ歩み寄り、涙を流して業正の手を握り、

「長野殿、これで鉢形勢も、そして我が領民も安堵いたします。重利、このご恩は決して忘れませんぞ」

と、重利は涙ながらに礼を言った。

「藤田殿、お礼は那波殿に言ってくだされ。わしは那波勢を残し、箕輪衆が上州へ逃げたと言われるのが悔しくて残るだけでな」

と言い、業正は、はっはっはっと大きく笑った。

重利は帰り際、再度お礼のため宗俊の所へ寄ったが、宗俊は「あくまでも那波のことを考えたまで、恩に感じてもらう程のことではない」と言い張り、重利は増々宗俊に恩を感じることになる。

上州勢は業正の指揮のもと、松山の北で敗残兵をまとめ、さらに北を伺おうとしている北条勢を牽制しながら鉢形城に入り三日ほど滞陣した。しかし幸いにも、北条勢は松山から北には追撃してこなかった。上州勢は北条勢の追撃がないことを確認し、鉢形城を引き上げ、鎌倉街道を一路西の上州に向かい撤退していった。


河越の合戦は負け戦とはいえ、宗俊には業正との出会い、氏康の戦ぶりなど、多くを学んだ戦であった。

又右衛門は戦いのあいだ、御馬廻りとして常に宗俊の近くにおり、まさに修羅場の中にいた。又右衛門は、河越の戦のことを今までに何度も友右衛門に話をしている。その度に、「氏康は敵ながら、実にあっぱれな武将だ」と、何度も口にしている。

よほど訓練された強兵でないと、あのような夜襲はできないことが良くわかっているからである。暗闇の中での八千人の夜襲では、同士討ちをしない方が難しい。そのようなことができるのは、おそらく北条氏康率いる北条勢くらいなものだろうと思っている。

そして又右衛門は、負け戦とはいえ、あのような大戦の渦中におり、氏康の見事な采配を敵として直接経験したことを誇りにしている。

話は友右衛門の屋敷に戻る。

「あの憲政様も、景虎と共に越山してくるというではないか、上州の諸将がすべて景虎のもとへ走っても、ますます我が殿は越後勢のもとへ走りはしないな」

又右衛門は右手を火鉢の上にかざし、左手で盃をあける。

「それは確かでござろう。しかしどの面を下げて憲政様は上州に帰ってくるのでしょうか、我々にはとてもできない芸当でございますな。お偉い方は頭の作りが違うのでしょうな」

友右衛門が、あきれながら言った。

二人の顔には憲政に対する軽蔑の表情が表れている。

「あのお方の面《つら》の皮はぶ厚い、松の皮のようじゃ。さぞや景虎も苦労しておるじゃろうて、はっはっはっ」

と、又右衛門は酒が廻ってきているせいか大声である。友右衛門も憲政のいろいろなことを思い出しているのか苦笑している。

「又右衛門殿、長野様はどうお考えなのでしょうか、何かご存じではないでしょうか」

友右衛門は、宗俊と親しい長野業正の動きが気になっている。又右衛門が何か知らないのかと話をふってみた。

「あのお方も憲政様は嫌いでござろう。しかし景虎がひとかどの武将だったら間違いなく越後勢につくだろうな。長野様はそういうお方じゃ」

又右衛門はそう見ている。そして友右衛門に酌をしながら、

「殿は長野様を敬っておられる。長野様と行動を共にする可能性も場合によってはあるのではと思うがな……」

又右衛門は河越の合戦以来、宗俊が業正を敬愛しているのを良く知っている。又右衛門は続ける。

「長野様の嫡男吉業様が河越の戦の傷がもとで亡くなった際、殿はその葬儀に弟の元信様を箕輪まで行かせたくらいだからな」

「又右衛門殿、その時のことは良く覚えております。最初は殿が自分で箕輪に行くと言ってきかなかったのを、力丸殿や山王堂殿がようやくなだめ、弟の元信様を送ることで落ち着きましたな」


河越の負け戦の後、北条方から上杉方への切り剥がしがあらゆる所から始まった。

宗俊は吉業の葬儀のため、箕輪の業正の所へ行きたかったが、長野・那波の両家に謀反の恐れありとの噂でも立てられたら危険と、家老の力丸日向、山王堂修理らに説得され、宗俊は箕輪に行くのをしぶしぶあきらめていた。

しかし河越の戦の後、まだ那波が上杉管領方に属していた頃は、業正と宗俊は平井城でたびたび会い親密にしている。また又右衛門は、宗俊の使いで箕輪の業正の所へ頻繁に足を運んでもいる。

最後に又右衛門が箕輪を訪れた際には、宗俊に頼まれ宗俊の嫡男宗安を連れていき、半年程箕輪に滞在をしている。

宗俊の嫡男宗安と友一郎は同い年であり、その際友一郎も宗安のお供として箕輪に同行している。

「友一郎、長野様の所はいかがじゃった、居心地は良かったたか」

地声の大きい又右衛門は、だいぶ酒が廻ってきているせいかさらに声が一回り大きくなっている。部屋の隅にいる友一郎に突然聞いた。

友一郎は突然話が振られ、一瞬とまどった。

「もう何年も前のことなので、残念ながらあまり良くは憶えておりません。しかしながら、箕輪城から見るこちらの眺めは良かったのは、はっきりと憶えております。山を下から眺めるのではなく、山の上から見下ろすのもなかなか良いものだとつくづく思いました」

友一郎は箕輪に滞在した時の関東平野の眺めの素晴らしさを思い出した。今も榛名山麓から見下ろす関東平野の眺めは絶景である。

「おぬしの目には、長野様はどんなお方に映った」

続けて又右衛門が友一郎に聞く。

「残念ながら、かすかにしか憶えておりません。見かけは人の好いご老人だったような気がします」

「はっはっは、人の好いご老人か、相手は天下の長野様だぞ。わしなんぞ長野様の前では、いつも頭を下げているので床の木目しか見ておらん」

又右衛門が笑いながら、そして箕輪に行った時のことを思い出しながらさらに続ける。

「長野様はいつも忙しくしておられた。多くの人に頼られ、多くの人が毎日の様に訪ねてきておったからのう。家の中を見ればその家のことがわかるというが、長野の家がどんなものか、その時に良くわかったわ」

「そう言えば、又右衛門殿は長野様の所の剣豪上泉秀綱《かみいずみひでつな》殿（後の剣聖上泉伊勢守信綱である）もご存じなのでしたな」

友右衛門が盃をあけながら又右衛門に聞く。

「ああ、目つきが鋭いなんてものではなく、最初のうちは目を合わせるのも嫌で、庭の植木をずっとながめて話をしていたよ。秀綱殿は、わしの知る中では一番の剣豪じゃ」

又右衛門、友右衛門とも酔いがまわってきており、多弁になっている。大人達のこのような話を聞くだけでも、友一郎には良い勉強の場となっている。

「甲斐の武田に追われ、信州からも多くの豪族が長野様を頼ってきておった。箕輪におる時は、長野様のおかげで実にいろいろな方々にお会いすることができた。信濃の名門の望月様や、平井で憲政様にお世話になっていた真田様にもたびたびお会いした」

又右衛門は、懐かしそうに箕輪でのことを思い出している。

「真田様の三人の倅達は、宗安様や友一郎と同じ年頃だったな。憶えているか友一郎」

又右衛門は部屋の隅で話を聞き入っている友一郎に、また話を振った。

「はい、上の二人にはいろいろと鍛えられました。一番下の弟も兄達にはだいぶ苦労しておったようです」

「はっはっはっ、友一郎も、その年でいろいろと気苦労してきておるんだな」

「宗安様のお供で行ったのですから、苦労ではありません。とても楽しゅうございました。それに真田様の三兄弟からは、いろいろと学ばせて戴きました。今は皆、ひとかどの武将になっておるかと思います。私はその時、そのように感じました。宗安様も同様かと」

友一郎は、真面目に又右衛門に答える。

又右衛門とのやり取りを聞いていた友右衛門は、特に二人の会話に口をはさむでもなく、友一郎のしっかりとした受け答えに満足しているようだ。

そして友右衛門は、小田原での話に話題を戻す。

「殿は氏康様から長野様への切り崩しをお願いされても、長野様の様な大物には、氏康様から直々にと言って遠慮をしておられる」

「うちの殿から長野様へは、それはできん相談だろう。殿も切り崩し工作に精を出しているなど長野様に知られたら、恥ずかしくて嫌だろうて」

又右衛門が笑いながら言う。

「拙者もそう思います。殿が長野様への謀略に精を出す姿は想像もできません」

二人とも、宗俊が謀略を好むタイプではないことを良く知っており、それに好感を持っている。

「しかし、憲政様が景虎と一緒に越山してくるということは、殿は長野様との戦も覚悟しておるということだな」

又右衛門が少し酔いが醒めた顔で言った。

「残念ながら……しかし殿は、それは武門の定めだと言っております」

又右衛門、友右衛門の両人も宗俊と業正の関係を知っているだけに、二人の酔いが醒めてくる話題である。

又右衛門が手酌で盃に並々と酒を注ぎ、その酒を一気に飲み干した。

「本日は、殿から氏康様の考えを聞かされたが、わしは景虎がいつ三国峠を越えるかで状況がだいぶ定まってくるかと思う」

又右衛門は続ける。

「北条方は、おそらく越後勢の越山は、雪が解けて田植えが終わった六月頃と考えておるだろう。それであれば、景虎は雪が降る前に越後へ帰る。しかし八月頃の越山だと話が違う。景虎が憲政様と一緒に越山するのであれば、関東で年を越すことが十分にありうる。その場合、北条勢との大戦となろう。その場所は、この那波の近くかも知れんが、利根川を渡った南の武州かも知れん」

「越後勢が関東で冬を越すのか……あながちありえない話ではありませんな。しかし、越後の兵達はたまったもんではありませんな」

友右衛門はそう思った。ひと冬を他国で越すということは、この時代では大変なことである。とても友右衛門には想像することができない。

「あの景虎だったら十分やりかねないだろう。昨年は京に上り、足利将軍にも会っているというではないか。家臣達もその景虎に良くついていっておる」

又右衛門は、越後勢が関東で冬を越す可能性が十分にあると見ている。大軍勢が関東で冬を越すとなると、その兵糧などを考えると当時は大変な金と労力が必要である。

しかし、越後の冬はどんよりとした暗い雪の日が毎日の様に続く。関東ではひと冬に二、三回は雪の日もあろうが、ほとんど晴天が続く。越後勢にしてみれば、家族と離ればなれになる辛さはあっても、晴天に恵まれた関東の方が、かえって過ごしやすい面もある。

長尾景虎は、二度の上洛をしている。

一度目は、天文二十二年(一五五三年)の九月、関東管領上杉憲政家臣として五位下弾正小弼叙任の御礼言上を目的として。

二度目は、関東への越山前の永禄二年(一五五九年)四月である。将軍足利義輝の要請を受け、三好・松永勢討伐のため、越後の精兵五千を引きつれての堂々の上洛である。


「いずれにしろ、田植えの時期には全てが見えてくるということですな」

友右衛門が腹をくくった表情で言った。

「いよいよの時は、長野様からも殿に何か言ってくることもあるだろう」

又右衛門はそう口に出したが、上杉憲政にしてみれば北条方となっていろいろと動いている那波が憎くてたまらないはずだ。北条方から越後勢への鞍替えは、簡単にはいくまいと思っている。

「友右衛門、暗い話はもうやめじゃ。今日は、おぬしの小田原からの帰還祝いじゃ。小田原での土産話をいろいろと聞かせてくれ。小田原の城下はにぎやかだったか」

又右衛門は話題を変え、二人は暫らく小田原での土産話を肴に盃を重ねた。そして又右衛門は、深夜に自分の屋敷のある田中村に帰っていった。


河越の合戦により上杉朝定が討死し、扇谷上杉氏は滅亡した。北条勢は武蔵の北部に侵攻し、扇谷上杉氏に従っていた豪族達を次々に吸収していった。ついには、あの藤田重利の鉢形城も北条方となり、鉢形城には北条氏の北関東攻略の拠点として北条氏康の四男氏邦が城主として入る。

古河公方の足利晴氏も、河越合戦の直後に北条氏に降伏。北条氏出身の母をもつ次男の義氏に家督を譲ることを強要され自身は北条氏に幽閉されてしまう。北条氏康は、関東制覇に一歩一歩着実に近づいている。

三　関東管領上杉憲政の武田攻め

さて、平井城の上杉憲政である。

上杉憲政は河越の敗戦後の家中の状況を何も考えず、甲斐の武田信玄が信州の佐久地方を荒らし始めると今度は武田討伐を考える。

業正は管領家の河越の合戦以来の衰えと内部の纏まりのなさを理由に、南の北条家と甲斐の武田の両方と戦をする愚かさを必死に憲政に説いたが、憲政は河越での負け戦をこの機に取り返そうと勇み立っており耳を貸そうとしない。

そして、ついには業正のしつこさに気分を害し「家が乱れている時こそ、外に敵を作り家中をまとめる」と憲政は言い放ち、強引に信州への出兵を決めてしまう。

この時の業正の憲政への陳言については、『北越軍談』に記述が見られる。『北越軍談』は、長尾家の起こりから御館の乱にいたるまで、主に上杉謙信の行状・戦術をまとめた軍記である。

天文十六年（一五四七年）信州佐久の志賀城主笠原新三郎清繁は、上杉憲政を後ろ楯として武田信玄の降伏勧告を拒絶、そして志賀城に立て籠もった。信玄は五千の兵を従えて甲府を出陣し、志賀城を包囲し攻撃を始める。

憲政は業正の必死の諫言も聞かず、倉賀野党十六騎を先陣に、金井秀景を総大将とした大軍勢を志賀城への援軍として送る。

しかし信玄は、碓氷《うすい》峠を越え志賀城へ向かってくる上杉勢の情報をいち早く掴み、板垣信方、横田備中、甘利虎泰ら武田家生え抜きの精兵四千を碓氷峠を越えた小田井原まで繰り出し、その迎撃にあたらせた。そして、この小田井原の合戦は、武田軍の圧勝に終わる。

武田軍は三千以上の上杉方の首を取り、信玄はそのうちの五百ほどの首を槍の穂先に刺し、志賀城から見える山麓にかざした。援軍をことごとく討ち取ったことを、志賀城に籠もる笠原勢に見せつけたのである。

覚悟を決めた笠原清繁は、大手門を開き武田軍に対し捨て身の総攻撃を行い清繁は自刃、城兵のほとんどが討ち取られた。

この合戦の勝利により、信玄は信州の佐久地方から、上杉管領家の勢力を一掃することに成功した。

河越の合戦、信濃小田井原の合戦（笛吹峠の戦いとも呼ばれる）と連戦連敗が続き、さすがに管領家に仕える者達も憲政にうんざりとしてきた。

そこへ、今度は逆に信玄の西上州への侵攻が始まる。信玄率いる甲州勢は余地《よち》峠から西上州（現在の南牧村）へ侵攻してきた。

しかし総大将の憲政は、先の小田井原の合戦以来すっかりと武田勢に怖気づき、平井城の後詰の金山城に逃げ込み、業正にすべて放り投げ亀のように出てこない。

武田勢は烏川を挟み上杉管領勢の長野、小幡、和田、倉賀野等の武将らと二日間のあいだ睨み合う。そして三日目から激しい戦闘が始まる。

上杉勢は業正の指揮のもと初戦ではなんとか善戦するが、総大将の憲政がはるか山奥の後詰の金山城では、士気は一向に上がらない。小田井原の敗戦の記憶もあり、終盤になるに従い甲州勢に徐々に押しまくられてしまう。

しかしながら幸いなことに、この西上州への侵攻は信玄にしてみれば単なる小手試しであった。武田勢は翌日には陣を引き、信州へ帰っていった。

撤退を始めた武田勢が下仁田に達すると、憲政はのこのこと倉賀野まで出馬をしてきて、業正に「すぐ追撃じゃ」といきり立ち、周囲の者を一層とあきれさせた。

この武田勢との合戦により、憲政は西上州での戦いの主導権を完全に信玄に握られてしまう。そして家臣からの信頼もさらに失うことになる。

西上州での敗北後、南からの北条勢の侵攻、西からの武田勢の侵攻が本格的に始まった際、どう対抗したら良いのかと憲政は深刻に悩み始める。そして情緒不安定に陥った憲政は現実逃避のため、酒と女にますます耽るようになる。

さすがの憲政も、今の上杉管領家の力では、北条や武田にまともに対抗することはできないことを悟った。このままでは管領家は滅び、自分の首が胴体から離れてしまうのも時間の問題と恐怖を深刻に感じ始めてきたのである。

憲政は、反北条勢力の連携と北条勢の動向を入手するため、常陸（現茨城県）の佐竹氏、房総（現千葉県）の里見氏などに使いを送り、また下野（現栃木県）の足利公方家の旧家臣や越後の旧管領家の家来筋などの各方面へも接触を始めた。

憲政は、佐竹・里見は憲政と同様に北条勢に押しまくられており、あてにはできないことを知った。下野の状況も似たり寄ったりである。

しかしながら越後の長尾景虎は、甲斐の武田信玄とは五分の戦をしている。頼るなら長尾景虎しかいない、そう憲政は考えた。

しかし、ここにひとつ大きな問題がある。長尾景虎の父、長尾為景は憲政の二代前の関東管領上杉顕定を越後にて討っているのである。血の繋がりは無いとはいえ、憲政は顕定の孫にあたる。

古来から岩舟、蒲原、山東、古志、刈羽、頸城《くびき》、魚沼の越後七郡は越後守護上杉氏の支配であった。

しかし十五世紀末頃から徐々に守護代長尾氏の勢力が強くなる。

野心家の長尾為景は、永正四年（一五〇七年）越後守護の上杉房能を襲撃した。上杉房能は為景に対抗できず、実兄の上杉顕定を頼り関東へ向かったが、ついに天水越（新潟県十日町）で為景に討たれてしまう。

そして二年後の永正四年、房能の兄関東管領上杉顕定が大軍を率いて越後へ攻め上る。目的は、もちろん長尾為景を討ち､弟の房能の無念を晴らすと共に､越後の管領家の所領を回復することである。当初、関東管領直々の越後への出兵に寝返る越後の豪族が多く、為景は直江津を支えきれず、ついに越中にまで逃げ、その後はさらに佐渡まで攻め立てられてしまう。しかし、およそ一年に渡る越後での滞陣で、関東管領軍に疲れが見えてくると、今度は為景が逆襲に転じる。顕定は至る所で敗北を重ね、ついに六日町に近い長森原で越後勢に討たれてしまう。長尾景虎は、その為景の息子である。

憲政にも関東管領としての意地がある。が、今は武田と北条が怖くてたまらない。しかも四十年以上も前の話であり、上杉顕定は憲政の父の上杉憲房の養父であり、上杉顕定と憲政との間に直接の血の繋がりはない。これを幸いと、祖父の仇などは自分にはまったく関係ないものと考えた。武士の意地など無いのである。

信じられないことに、憲政は自分の家臣達も長尾景虎を頼ることを、問題無く受け入れてくれるものと簡単に考えた。そして憲政は、ひそかに越後の長尾景虎に対し、関東管領の下で働いてくれないかとの交渉をはじめる。

憲政は、誰に何と言われても、恥を忍んで（本人は恥とは思っていないが）越後の長尾景虎に頼るしか生き残る道はないのである。

人の口には戸は立てられない。憲政のこの動きが周囲に漏れはじめる。官領家の家中に動揺が起こり、そして長く上杉家に仕えてきた家臣らは全くあきれてしまう。

憲政の家臣には、祖父や父親や親族を越後での戦で亡くしている者も多くある。そして何より、関東管領家に仕える武士として、今まで北条や武田と戦ってきた意地がある。

しばらくすると、領内に憲政が越後に逃げるとの噂が広まってきた。百姓町人までもがこれを知り、これには皆あきれた。

この噂は北条氏康の謀略である。しかし憲政は、そんなこととは微塵も感じていない。

「氏康はさすがだ、やり方がうまい。おそらく至る所に間者を放ち、噂を流しておるんだろう」

業正は、敵ながら感心した。

憲政は越後の長尾景虎に助けは求めても、まさか越後へ逃げることまで考えているとは、業正も思っていない。

業正は、今まで何度も憲政と話す機会を持ち憲政を諫めている。だが最近は、憲政は業正に会ってもくれない。長尾景虎を頼ろうとして、自分の家臣達の意見をまともに聞こうとしないのである。

そうしたなか、西からは武田勢からの切り崩しが始まり、南からも北条勢の切り崩しが一層強くなる。そして、ついに上州での管領家の家臣の離反が至る所で始まる。

北条方にとって、館林の赤井氏、太田の由良氏、国峰城（現甘楽《かんら》町）の小幡氏と並び、那波郡の那波氏は、上州攻略の為の戦略的な切り口である。

そして北条勢の動きが北武蔵で活発になると、憲政はいいように北条方に振り回されてしまう。まずは、館林の赤井氏が圧力に屈して北条方に鞍替えをした。そして憲政が太田の由良氏も北条方に通じているのでは、との噂を耳にしたことが那波家にとって不幸の始まりであった。

この噂は、北条方が流したものであった。

四 由良攻め

由良氏は、もともとは新田源氏岩松家の家老である。古河公方足利家に従っていた岩松氏から実権を奪い、横瀬氏を改め由良氏を名乗るようになった。

新田源氏岩松家の歴史は古い。足利義康の孫義純に始まる。義康の兄新田義重から愛された義純が孫娘の女婿に迎えられ、上野国新田郡岩松郷に居住したことから始まる。

これに対して横瀬氏の起源は、武蔵七党のひとつ小野姓横山・猪股党の一族が横瀬を号したことに始まる。新田庄横瀬郷を本領とし、足利氏の被官として鎌倉時代後期の足利氏所領奉行人注文に、その名を見ることができる。

その横瀬時清の婿として入ったのが、新田義貞の子貞氏であったと言われているが、新田貞氏が養子に入ったとする伝承は、後年岩松氏に代わり新田荘の支配者となった横瀬氏が、その正統性を示すために創作したものであると言われている。

斜陽の組織には、常に主君をたぶらかす佞臣《ねいしん》がいる。憲政の場合、上原光定、菅野大膳の二人である。

諫言を聞かず、佞臣を重用する憲政は愚かである。先の信州攻めもこの二人の口車に乗ったことから始まったのである。上原と菅野は、今度は由良攻めを憲政に進言した。憲政の家中では、この二人以外は由良攻めを誰も喜ばない。喜んだのは北条氏康である。

上杉管領家が内部のごたごたでますます衰退すれば、北条家の関東制覇に、また一歩近づくのである。

憲政は由良成繁を問い詰めるため、平井城まで登城を求めた。が、成繁は警戒して出てこない。確かに由良成繁は、必要なまでの北条氏からの誘いと圧力に大きく揺れていた。北条方の由良攻めが始まったとしても、憲政は動かず何もしてくれないのは明らかだからである。憲政は、越後の長尾景虎に泣きつくのが精いっぱいだろうと成繁は見ている。そして、その間に由良家は滅んでしまう。

成繁は、まだ北条方に寝返ってはいない。だが憲政の命令に素直に従い、のこのこ平井城に出向けば裏切り者と責めたてられ、最悪誅殺されてしまう恐れがある。

いつまでも平井に出てこない成繁に対し、憲政は「関東管領を愚弄するのか」と、しびれを切らす。そして、ついに由良攻めを決断する。

上原光定、菅野大膳があっぱれなご決断と持ち上げたので、憲政はますます気分が良い。

憲政にしてみれば、いざ軍勢を繰り出せば成繁も言うことを聞き、平井城に素直に出てくるだろうと思ったのであろう。

憲政は家臣の上原光定、菅野大膳の進言により那波宗俊、厩橋の長野賢忠、忍《おし》城主成田長泰、深谷城主上杉憲賢、佐野昌綱らに由良攻めの命令を下す。

宗俊の由良攻めへの出兵を案じ、業正から那波へ使いがきた。

業正からは、那波家の事情はわかるが、今回の由良攻めには家中の皆があきれており戦意が乏しい。くれぐれも用心すべきであり、できれば戦をせずうまく収めるべきだとの考えを知らせてきた。また業正が平井城にて由良攻めの部隊を早く撤収させるべく、憲政に働きかけるとも使者は伝えた。

那波家の事情とは、天文十年（一五四一年）の由良攻めのことである。

天文年間の由良（横瀬）氏は、上州にて侵略的に行動しており、大胡城主大胡勝行は横瀬泰繁（由良成繁の父）に攻められ北条氏を頼って武蔵牛込城に移り、大胡城は太田金山城の支配下におかれてしまっている。この他にも由良氏は、周囲の中小の豪族に対し侵略的な動きをしていた。

天文十年の由良攻めのきっかけは、桐生領広沢郷より新田庄への用水権の争いからである。管領家が侵略的な行動を繰り返す由良氏に対し、鉄槌を下そうとした戦であった。宗俊の父清信の代、那波家はその由良攻めに参加をしている。

その時は、那波のほか、桐生、成田、深谷上杉らが横瀬（由良）泰繁を攻めている。しかしながら泰繁は良く守り、これを撃退した。

この由良攻めでは、那波の家臣も討死した者が多く、これを機に由良氏と那波氏の関係は以後次第に険悪なものになっていく。

この由良攻めには業正の叔父の長野賢忠も参加していたことから、業正はその時の事情に詳しい。

那波領は由良氏の領地と接しているため、常日頃から小さないざこざが絶えない。

今回の由良攻めについては、那波家の家臣達も「この機会に前の戦の雪辱を」といきり立っている。

この時ばかりは凡将と言われた憲政も、目の付け所が冴えていたのである。

憲政の指示により、上杉管領軍は金山城に押し寄せ陣を張った。西に那波・厩橋長野勢、東に佐野勢、南に成田・深谷上杉勢である。

このまま何日か城を囲み陣を張っていれば、憲政からの使者がきて成繁が詫びを入れ、戦は起こらないだろうと憲政から言われている。

しかし成繁は、寄せ集めの管領勢であり那波勢以外は戦意が乏しいと見た。何のためらいもなく成繁は城から打って出る。包囲軍に一撃を与え、その後の憲政との交渉を有利に進める腹である。

両軍は、金山城の南で合戦となった。由良勢は西に陣取る那波宗俊、厩橋長野賢忠の陣に攻めかかる。いきなりの由良勢の攻撃のため、那波勢、厩橋長野勢とも最初はたじろいだが徐々に盛り返す。

城から打って出たとはいえ、大軍に囲まれている由良勢は浮き足立っている。初戦は那波・厩橋長野勢が優勢に戦いを進める。そして以外にも南から成田長泰、東から佐野昌綱の軍勢が積極的に参戦することにより、由良勢が一方的に攻め立てられた。

成田長泰、佐野昌綱も由良氏と領地が接している。共にこの機会に、東上州で何かと目障りな成繁を叩いてしまいたいのだ。

成田勢・佐野勢の参戦により、由良勢はたちまち重囲に陥り金山城へ撤退を始める。那波勢・厩橋長野勢は、崩壊を始めた成繁の旗本衆に襲いかかり、由良勢は侍大将の大沢舎人が殿《しんがり》で踏ん張っていたが、ついには討ち取られる。

かろうじて城に戻った成繁に続くのは、この時高山因幡守ただ一騎であったという。成繁の家臣、宇津木十朗兵衛尉、長野丹後守も殿戦で深手を負い、後に命を落とすことになる。

しかし、午後になると状況は一変する。鉢形城の北条勢が動いたとの知らせを受け、成田・深谷上杉勢が所領への引き上げを始めてしまうのである。

北条氏康が、この機会に由良勢を取り込もうと、鉢形城の北条勢に深谷方面を伺う動きをさせたのだ。これによって、戦いの流れが由良勢に大きく傾いてきた。

上杉管領勢は、やはり由良は北条勢に寝返っていたのかと浮き足立ち、北条勢の進出を警戒し、その日の夕刻には各々撤退を始めてしまう。そして那波勢も、やむをえず那波領への撤退を始める。

翌日になると、昨日の雪辱をと、由良勢は積極的に城から打って出て、撤退する上杉管領勢の追撃を始め西の那波領へ繰り出してきた。南の成田、東の佐野はいずれも強敵だが、西の那波は小勢、この機会に那波領のいくらかでも奪ってしまえ、と成繁は考えた。

那波勢は、昨夜のうちに金山城の包囲から陣を引き、由良領との境界を流れる早川を挟み陣を敷いている。現在の伊勢崎市境の女塚である。

宗俊は那波方の境城と連携し、由良勢を迎え撃つ体制を整ようと考えた。既に厩橋長野勢は自領に引き上げてしまい、ここには那波勢しかいない。

そこへ、那波方の境城主小柴長光が由良方に寝返ったとの知らせが入る。

小柴長光は境城の城門を閉ざし、那波勢の受け入れを拒んでいるのだ。小柴長光の領地は由良領と接しているため、かねてから由良からの調略があったのであろう。

ついに那波勢は由良勢の来襲前に女塚の陣を捨て、赤石城へ向かい撤退を始めた。

宗俊は、赤石城の東を流れる粕川を赤石城の最終防衛線として陣を敷き、東から来襲してきた由良勢を迎え撃った。

しかし多勢に無勢、そして昨日の敗戦を取り戻そうと由良勢の追撃が凄まじかった。那波勢は、とうとう支えきれず赤石城へと撤退を始める。

中でも、由良勢の丸橋助衛門尉の軍勢の追撃は激しく、撤退する宗俊の本陣めがけ、がむしゃらに突っ込んでくる。宗俊は命からがら、ようやく赤石城に入ることができた。

この日の那波勢は、力丸日向の父力丸蔵人を含め、侍大将の五十嵐近江守ら討死多し、と記録にある。

翌日になり、平井城の憲政からの使者が成繁の陣を訪れ、ようやく由良勢は赤石城の包囲を解いた。

しかしながら成繁は那波領内に居座り続け動こうとしない。力づくでも粕川東岸の那波領のいくらかを奪ってしまうつもりである。憲政がいくら仲裁を試みても、一向に受け入れるつもりはない。結局、憲政は成繁に北条方に走られても困ると考え懐柔策を取り、ついにそれを認めてしまった。

太田の由良成繁との、この戦は、那波にとってはただのやられ損であった。宗俊と那波家中にとっては苦い思い出である。そして那波勢には、由良勢と憲政に対しての強い憎しみだけが残った。

五　北条家へ

さんざんな目にあった由良攻めの記憶もようやく薄れてきたある日、那波家の菩提寺泉龍寺を通し、北条方からの使者が宗俊に面会を求めているとの話があった。

話を聞くと、鉢形城主の藤田重利が宗俊との面会を求めており、那波領に接する現埼玉県上里町の大光寺を通して話をしてきたというのである。

さて藤田重利であるが、もともとは関東管領上杉家の重臣であったが河越の合戦の後、ついに北条氏の圧力に屈し北条方となった。

藤田重利は、やむをえず氏康の四男氏邦を婿養子に迎えることで、北条氏と和睦したのである。

宗俊は、河越での敗走時に重利の居城鉢形城に長野業正と共に入り、北条方の追撃を牽制している。宗俊と重利とは、お互い旧知の間柄である。

藤田重利のその所領は、埼玉県北部の現児玉町から寄居町、秩父までの広大なものであった。上里町の大光寺は、位置的にも那波領と藤田重利の所領の間になり、那波家の菩提寺の泉龍寺との深い関係を知る重利が大光寺経由で宗俊に接触を試みたのである。

重利は、宗俊と利根川の南の那波領に近いその大光寺を面会の場所に指定してきた。

当時の大光寺付近の上里町は、重利の所領に近いとはいえ本庄氏の所領である。かろうじて、まだ上杉管領方の勢力下であると思われていた。しかし、宗俊は重利が大光寺を面会の場に指定してきたことから、既に本庄氏も北条方に通じているのだろうと思った。

そして、(ついに那波家の今後を決める時がきたか)と宗俊は覚悟を決めた。

重臣の何人かは反対したが、宗俊は重利の提案を受け大光寺での会談を了承した。宗俊は早朝に那波を発ち、重利との会談は十時頃から始まった。


「那波殿、お久し振りでござる。こうして、二人で話をするのは、あの河越以来でございますな」

河越以来の懐かしさを顔に表し、藤田重利がまず挨拶をした。

「あの節は、鉢形城でいろいろと藤田様にはお世話になり那波は助かりました」

宗俊は、軽く頭を下げた。

本来であれば、管領家重臣の藤田重利に対し深く頭を下げるべきであるが、今や重利は北条方である。宗俊は軽く頭を下げるに留めた。

「なんの、感謝をするのはこちらの方でござる。あのまま北条勢が鉢形まで繰り出してきていれば、重利、今はここにはおりませぬ。逃げて越後にでもいるかも知れません」

と、重利は笑いながら言った。そして、本来の目的を話そうと顔つきを変えた。

「那波殿、先の由良との戦は、大変難儀だったと聞いております」

今回の由良との一件で、憲政に振り回された那波の状況を重利は良く知っている。宗俊には河越での恩もあり、心底同情している風である。

「勝ち負けは武門の習い、気にしてはおりません」

宗俊は、毅然としている。

「聞くところによると、由良は何のお咎めもなしとか」

「拙者が馬鹿正直に兵を繰り出し、家臣の皆に難儀を与えただけとは、お恥ずかしい限りです。家中の皆にも顔向けできません」

「拙者は、何ゆえ那波殿がそこまで上杉家、いや憲政様に忠義をつくすのか良くわかりませぬ。今や、既に多くの管領方の武将が北条家に従っている……この重利の様に」

重利は、本題に入る。

「憲政様では、上杉管領家はもうどうにもなりますまい。那波殿は、北条家をどう見ておられる」

重利は、宗俊が北条家に好意を持っているのかを知りたい。

「北条家は、長きに渡り関東管領家の敵でありますから好きにはなれません。ただ河越での戦ぶりを見て、北条氏康とは、なかなかの武将であると思い知らされております。藤田様が今は北条方におられるのもわかるような気がいたします」

その宗俊の答えに、重利は（これは少しは脈がありそうだ）と感じた。

「氏康殿は、囲碁のように着々と憲政様を追い詰めておられる。決して、これは作り話ではありませんぞ。既に館林の赤井殿が北条方についたのはご存じかと思うが、今は由良殿とも話をしておる。おいおい由良家が北条方に寝返るのは確かでござろう」

と、重利は宗俊の顔色を伺いながら言った。

由良が北条方につくことは、那波に取っては深刻な状況である。北条勢が上州に攻め入ってくれば、最前線となるのは那波であり、しかも南に北条、東に由良となる。

重利は、続ける。

「河越の戦の際、大変な恩義を感じている那波殿には誠に申し訳ないことをしたが、今回の由良攻めの鉢形城の動き、由良殿からの頼みであのような次第となった」

重利のその言葉に、由良成繁が既に北条勢とそこまでの間になっていたことを知り、宗俊は驚いた。成繁の腹は既に北条方に付くと決めているのだ。

そして宗俊は、憲政の命令に対して、成繁があそこまで強気に押し通したことも理解することができた。

「既に北条方は、平井攻めの算段をしております。問題はいつ攻めるかということのみとなっております。そしてその際は、この重利の鉢形勢が先方衆となります。北条勢が繰り出せば、那波から南はすべて北条方となりますぞ。もちろん本庄殿も既に北条方となっております。だから拙者が本日ここ（大光寺）にいることができております」

宗俊の腹は、重利の会談の前に既に決まっている。が、北条方が由良勢の件も含め、ここまで準備ができているとは悔しい限りである。

重利は、続けた。

「拙者は、長野殿、那波殿には河越での大きな恩義がある。できればお二人を敵としたくないのが本音の所とご理解くだされ。那波殿は、あのような憲政様にまだ忠義を尽くしておられる。忠義の厚い方は大事にしたいと氏康様はお考えじゃ。北条家は新興大名であるから忠義の厚いご家来衆が増えれば心強いことこの上ない、と常日頃から氏康様は言っておられる」

宗俊は重利の話に返事をせず、視点をやや下にして黙ったままである。

「憲政様は、北条方が攻めてきた時の対応を既にお考えか」

宗俊は、重利の問いかけに返事をせず黙ったままである。しかしながら、その視線をふと重利に向けた。

憲政が何も考えてないことだけは確かである。宗俊は、ここで那波の今後について宗俊の方から切り出すべきか悩んだ。

「ゆくゆくは憲政様に捨てられますぞ。北条方の調べでは、憲政様が越後に逃げる話は、あながち噂だけではないようだとの話もありますぞ」

宗俊は黙ったままである。その目は怒りを抑えている。しかしその怒りは重利に向かっているものではない。

二人の間で暫らく沈黙が続く。聞こえてくるのは、裏を流れる神流川《かんな》の流れの音だけである。

沈黙を続ける宗俊の表情をみて、今日の所はこれ以上は無理だろうと、重利はあきらめた。

「本日のご返事は、一度ご家中で話してからでも構いませぬぞ、せっかく久しぶりに那波殿にお会いできたのですから堅い話はもうこれで終わりにいたしましょう」

と、重利は話を切り上げた。

その後重利は、いまひとつ気の乗らない宗俊を相手に、しばらく河越の戦の話や業正についての話、自分が管領家に奉公していた時のたわいもない話などをした。

宗俊の口は最初こそは重かったが、時間が経つにつれ、重利のそのたわいもない世間話に徐々に口を開き最後はお互いに話をはずませた。

重利は、(今日の所はこれでいい)と思った。律儀な宗俊から、そう簡単に返事がもらえるとは思っていない。また那波には、北条方につく以外の選択肢はなかろう、と重利は思っている。

そして、一刻(二時間ほど)ほどで二人の会談は終わった。

「藤田様、本日のお話の内容は十分承知しております。しかしながら藤田様の言われるように家臣の皆々と話した後、返事をさせて戴きたいと考えております。申し訳ありませぬがご理解を戴きたい」

と、会談の最後に宗俊は、丁寧に重利にお礼を言った。

今日は、北条方につくことを重利に約束せざるを得ないと、宗俊は会談の前に考えていた。そして、その覚悟で会談に臨んでいた。

だが北条家に比べ、あまりにも管領家のだらしなさが悔しく、また憲政を一生懸命に支えている業正の顔などが目の前に浮かび、むしろ悔しさよりも怒りを管領家に感じ、素直に重利に約束ができなかったのである。宗俊は那波に帰って何日か頭を冷やした後、重利に書状を送ろうと考えている。

こうして宗俊の一行二十名は大光寺を後にし、裏手の神流川に浮かべた船に乗り、那波領に向かって帰っていった。烏川に合流すればすぐに那波領である。

宗俊が大光寺を出る際、丁寧なことに重利は門まで見送ってくれた。宗俊は重利の好意に偽りはないと思っている。

本庄氏も既に北条方となっている今、返事をしなかった宗俊をそのまま那波に帰さないという選択肢も重利にはあった。しかしながら宗俊への好意から、寺の周囲には最低限の警備の者がいるだけであった。

もちろん那波勢も十分に用心をしている。力丸日向は、いざとなったら烏川の対岸から人数を繰り出す準備をしていた。大光寺から那波領までは目と鼻の先である。

宗俊は重利との会談の際、常に重利の後ろに控えている若い警護の侍が気になっていた。

宗俊が重利に見送られる時にも常に重利のそばにいる。どうもその身なりや立ち振る舞いから、ただの警護の侍ではないと感じていた。また重利の他のお供の侍も、その警護の侍に対し何か態度がおかしい。

「常に藤田様のおそばにおられるこのお方は、かなり腕に覚えのあるお方かと思いますが……」

と、宗俊は別れぎわに重利に聞いてみた。

重利は、にやっと笑った。

「北条氏邦と申します」

その警護の侍は、宗俊に軽く会釈をした。

驚いたことに、藤田重利の娘婿、北条氏康の息子氏邦である。

「那波殿、返事を楽しみにしておりますぞ」

と、氏邦は笑顔で宗俊に言った。

宗俊の驚いた顔を見て、してやったりと思ったのだろう。

驚いている宗俊に対し重利は、

「それから、拙者はただの使い走りですから、返事の方は、氏康様に直接お願いしたいと考えております。婿殿（氏邦）も、そう申しておりますので」

北条氏邦は、宗俊の顔を見て笑っている。

「それでは、藤田様の面目が……」

と、我を取り戻した宗俊が、かろうじて口にするのを重利は両手を振ってさえぎり、

「いやいや氏康様から、そう那波殿へ伝えてこいと言われております」

と、笑いながら言った。

「さあ、ご家来衆が心配して待っておられる、那波殿お急ぎくだされ」

と重利は、宗俊ら一行を追い立てるように帰した。


宗俊は帰りの小船の上から利根川の流れを見つめ、氏康、氏政のやりかたは、さすがだと思った。北条氏邦を会談に同席させ、宗俊の返事は当主の氏政をさしおいて氏康へというのである。宗俊は、北条家の那波に対するこのやり方に誠意を感じた。北条家の中で、今後の那波が、どの様な扱いを受けるのかが良くわかるやり方である。那波の様な小豪族には、「滅ぼされるのが嫌なら早く降伏しろ」でも構わない。

氏康の気持ちは、十分に宗俊に伝わった。間に入った藤田重利のおかげでもある。もちろん氏康は、宗俊を驚かすためだけに氏邦を同席させたのではない。宗俊の人となりを直接見極めさせるために同席をさせている。また重利と宗俊の会談の内容も知る必要がある。後日氏邦は氏康に、那波宗俊は十分に信頼できる人間だとの報告をしている。

宗俊は那波に帰ってからすぐに重臣らを集め、本日の会談の内容を一通り説明した。

まず力丸日向から、

「もともと我が那波家は、管領上杉家の家来ではございません。今まで上杉家から禄をもらったことは一度たりともなく、この那波の領地は、古くは藤原秀郷公から繋がるご先祖様達の血の努力によるものです。このまま、名ばかりの関東管領の憲政様についていっては家が滅ぶのは明らか、本日殿が大光寺にて北条氏邦様にお会いされました以上、もう何の思案の必要もございません」

那波家臣一同、大光寺にて宗俊が北条氏邦に会えたことにより、北条方での那波の扱いに安心をしている。

「長野様には申し訳ありませんが、北条方に組する以外、那波の生き残る道はないかと思います」

山王堂修理も異論はない。

「なぁに、いずれは長野様も憲政様にあいそをつかすであろう」

力丸日向が宗俊の顔を見ながら相槌を打つ。

宗俊の頭を、ふと業正の顔がよぎる。そして宗俊は、

「長野様であれば、自分の家のこと、家臣のことは自分で決めろと言うに違いない。修理、すまんが早々に小田原に発ってくれ」

この宗俊の言葉にて、家臣達は宗俊の最終決断を理解した。緊張がその場に一瞬走る。

「氏康殿に、わしからの書状を届けてくれ」

「はっ」

緊張した顔で、山王堂修理は返事をした。

「悪いが、しばらく小田原にいてもらうこととなると思う」

と、宗俊は付け加えた。

「承知しております。明日の昼頃までには小田原に発てるかと思います」

次席家老山王堂修理は、自分には宗俊の書状を届けると共に那波から北条方への人質としての役目もあると承知している。

翌日の昼前、山王堂修理は氏康への書状を受け取りに宗俊の元へやって来た。

「殿、拙者のこの白髪首は既に無いものとお考えください。何かの際には、ご遠慮なく殿のお好きな様にしてくだされ」

別れ際に修理は宗俊にそう言い、小田原へ向かった。

修理は「もし」宗俊と業正との間で何かあり、宗俊が業正と行動をするために上杉管領方に戻ってしまっても良いと思っている。その場合、北条方へ人質としている自分の命がないことは承知している。

修理のその真剣な顔つきから、宗俊はその覚悟を察した。しかしながら再び上杉管領方に戻ることは、ありえないと宗俊は思っている。

また今となっては、業正と敵味方となったことによる後悔よりも、敵将長野業正と相対することに、宗俊は期待とも言えない何かを感じている。

六　関東管領越後へ落ちる

業正は依然として憲政を補佐しているが、関東管領勢の衰退は著しかった。そして小田原の北条氏康は平井城攻略の策を練り、機の熟するのを待っていた。

ついに、国峰城（現甘楽町）の小幡氏も北条方に内応する。これにより平井城は、その背後からも北条勢から脅かされることになる。

そして、東上州の由良成繁も北条方となったとの噂が流れはじめる。憲政の情緒の不安定は一層とひどくなり、そして昼からの酒量も増えてきた。

天文二十一年（一五五二年）春、ついに氏康は、関東管領上杉憲政の平井城攻略の軍を起こした。平井攻めの北条勢二万は、関東平野を小田原からゆっくりと北上し、平井城に向かう。今までの寝返り工作の成果を確認しながらである。

北条勢の別動隊は、一足先に松山から北上し、東上州の上杉管領勢を牽制する。忍の成田氏、館林の赤井氏らの別動隊である。このため東上州の上杉管領方の諸将は、安易に動けなくなった。

北条方となってからの那波宗俊は、上州での最前線として行動し、周辺の関東管領方勢力の切り崩しを行っている。

北条勢は鎌倉街道を一戦もせず堂々と北上し、神流川東岸に陣を張る。館林の赤井氏、忍の成田氏、那波氏を味方に付けたことの効果が大きい。

上杉憲政は北条勢に対抗するため、かろうじて一万二千ほどの兵をかき集め、何とか神流川西岸に陣を張った。そして、神流川を挟んで北条勢との睨み合いが始まる。

しばらくのあいだ睨み合いが続き、そしてついに北条勢が神流川を渡河し、上杉管領勢に襲いかかる。

二日間のあいだ、激しい戦闘が続いた。神流川は平井城の最終防衛線であり、上杉管領方も必死で抵抗し一進一退の攻防が続いた。

そして、上杉管領方の第二陣長野業正率いる箕輪勢が庚申山まで押し出してきたのを知り、氏康は兵を纏めて引きだした。

氏康が、業正の箕輪衆と直接ぶつかることを避けたからである。北条方の損害に配慮すれば、できれば戦わずして業正を味方につけたいと氏康は考えている。

そして、今回は目的を十分果たしたと、氏康は武蔵に引き上げていった。

上杉管領勢の誰もが、次に北条勢が攻めてきたら、とても平井城は支えきれないと思い知らされた北条勢との戦いであった。

戦いが終わると憲政は、はるか山奥の平井城後詰の金山城より、のこのこと出てきた。やれ業正の出陣が遅いだの、好きなことを言いたい放題で、周囲を一層とあきれさせた。

その年の九月、業正の家臣上泉伊勢守秀綱が業正の所を訪ねてくる。そして、その時に珍しい客人を一緒に連れてきた。

「本日厩橋からこちらに来る途中に珍しい御仁にお会いしたので、たまには一緒にお話でもと思い、お誘い申し上げました」

秀綱は、憲政の家臣上原兵庫介を連れてきたのだ。

「おお上原殿、お久しぶりでございます。憲政様に言われて領内の見回りでございますか。お暑いのにご苦労なことですな」

業正は珍しい客に少し驚きながらも、目を鋭く光らせた。

上原は、権力者にうまく取り入るのは得意でも小心者である。何か後ろめたさがあるため業正の迫力に耐えられず、すぐに言葉が出てこなかった。

これに業正は、ますますピンときた。

業正は態度を変え、表情を少し崩し笑《えみ》を作って上原に話しかける。

「春に平井城にてお会いして以来でございますな、本日は烏川の落ち鮎の良いのが取れたと地元の百姓どもが持ってきてくれました。どうです、ご一緒に。もう日も傾きはじめておりますし」

と、上原を酒の席に誘った。

するどい秀綱は、すぐに業正のやりたいことが呑み込めた。

「落ち鮎ですか、うまそうですな、拙者もご相伴をさせて戴けますかな」

と、秀綱は一緒に笑顔を作る。

「もちろんだとも秀綱、それではすぐに支度をさせますゆえ、こちらに、さあ、さあ上原殿」

と、なかば強引に、業正は上原を屋敷の奥に引っ張りこんだ。

上原も馬鹿ではない、業正が自分を嫌っているのは十分承知している。しかし半ば強引に、業正と秀綱に酒宴の席に参加させられてしまうことになった。

宴会がはじまると、最初は警戒していた上原も酒の力で徐々にくだけ、その場に溶け込みはじめる。もともと酒の席が大好きである。

頃合いを見計らって秀綱が、

「それでは、武骨者の拙者の舞をひとつお見せしたい」

と、扇子を持ち、すくっと立ち上がった。業正がそれを抑え、

「秀綱、そちの舞なんぞ誰も見たくはないわ、ほれ、あのほう達を呼ばんかい」

と業正は、白拍子を呼び入れた。急遽城下から呼び寄せたのである。

秀綱は、つくづく業正にはかなわないと思った。中途半端なことはしない。やる時は徹底している。

「さすがに長野様の箕輪は、平井に次ぐ上野の国第二の御城下でございますな。このような良い白拍子もおり、ご城下も賑やかで栄えておりますな」

そう言って、上原の盃も進みだす。本来の酒好き、女好きの本性が表れてきた。

宴もたけなわとなり、皆の酒が進んでくると、

「九月に入ってもまだまだ今年は暑い、上原殿には失礼だが」

と言って、扇子で激しく顔を扇いでいた秀綱が上着を脱ぎはじめた。

「かまわん、かまわん秀綱、どれ拙者も」

業正も肌襦袢となる。

「上原殿も、どうぞ、どうぞ、お脱ぎくだされ、本日は無礼講でございますぞ」

業正はなかば強引に、酔った上原を肌襦袢一枚にしてしまった。

次の間にいる上原の従者達も、さんざんに酒を飲まされ、もはや主の様子を心配している者もいない。

酔った上原が適当に畳んだ着物のなかに、なにやら書状らしきものがちらりと見えた。宴席に参加はしているものの下戸で酒の飲めない長野家の家老藤井友忠が、それを上原に見つからないようにこっそりと取り出し、業正に目配せしながら奥の間に消えた。

業正は千鳥足で厠に行くふりをし、奥の間でその書状を開く。

思った通り、憲政から越後の長尾景虎への書状であった。

平井はもう北条勢の攻撃に耐えられない。越後に行き、そちらの世話になりたいと書いてある。関東管領職にもこだわらない。追々譲っても良いとも書いてあった。

その書状を見て、業正は怒りが込み上げてきた。今すぐにでも、上原の首を切りたい衝動にかられた。

が、心の中で一から十までをゆっくりと数え、作り笑いをなんとか浮かべ宴席に戻った。

そして、今度は拙者の舞をいかがかと、業正は舞を始めた。

秀綱は、業正の態度に何かただならぬ違和感を持った。業正は、（さすが秀綱、よく気がつくな）

と舞いながら秀綱に感心した。いつもの冷静な業正に、もう戻っている。

藤井友忠は、業正が怒りに任せて上原に切りつけまいかとひやひやしたが、憲政の書状をこっそりと上原の着物の中に戻した。

その日は箕輪に泊まれと言われたが、上原は用心したのか、供の者を引き連れ南の平井の方向に向かって帰っていった。

が、しばらくすると、「しめしめうまく切り抜けたか」と、方向を北に戻し、白井（現渋川市）に向かい、その日は憲政の息のかかっている白井長尾家の世話になる。


宴席の後、業正は秀綱に書状のことを話した。

「それでは今から拙者が行って、上原らを始末してまいりましょう」

と、秀綱は刀を持って立ち上がった。

「秀綱、むちゃをするな」

「ご心配には及びません、二十人程であれば、拙者一人で十分でござる」

陰流、神道流、念流を学び、その奥源を究め、後に剣聖と言われる新陰流の祖、上泉伊勢守秀綱である。腕には自信がある。

「そういう意味ではない。おぬしだったら相手が三十でも四十でも平気であろう。おぬしの刀も、またよく切れるからな。しかし、今上原を切れば管領家が一つに割れる、それで喜ぶのは氏康だ。ここは冷静に対処しなければならぬ」

と諭し、業正は秀綱を座らせた。

「確かに左様でございますな。しかし腰ぎんちゃくの上原めが、憲政様の書状を持って越後に行き、今度は長尾景虎にうまく取り入るつもりであろう」

秀綱は、吐き捨てるように言った。

「秀綱、あの手の人間はしぶといぞ、憲政様よりたちが悪い。用心せい」

業正は少し飲み直そうと、盃を引き寄せ一気に飲みほした。


業正は、あくる日の午後、箕輪衆の主だった者を城に集めさせた。そして、憲政が上野の国を捨て、越後への逃亡を考えていることを皆に伝えた。

箕輪衆の面々は、既に憲政が越後の長尾景虎といろいろとやり取りをしているのは噂で耳にしていたが、あくまでも援軍を求めているものだと思っていた。しかし自らが越後に逃げ、しかも関東管領職を譲りたいとまで言い出していることを知り、その驚きは隠せなかった。

今まで上杉管領家の重鎮として、甲斐の武田、小田原の北条と戦いを重ねてきた箕輪衆とは何だったのか、見捨てられたのか、と悔しさと情けなさで一杯である。

業正も、この憲政の手紙が最初は信じられなかった。いざとなれば、この箕輪で憲政と城を枕に討死もやむを得ないと考えていたのだ。憲政の越後への逃亡は、主君に奉公してきた上杉管領家の武士達に対する、最大の裏切り行為であり侮辱であった。

「ご一同」

業正が口を開いた。その顔の表情から一同は、なみならぬ業正の覚悟を感じた。

「この春の北条との戦は、どうにか切り抜けることができた。しかし次に北条勢が攻め寄せてきたら平井城は支えきれないじゃろう。その時はこの業正、この箕輪に憲政様をお迎えし、お守りしたいと考えておった。箕輪城の守りは堅い、それに家来衆も強者《つわもの》が揃っている。例え越後からの加勢がなくとも、一年や二年は城を守る自信がある。いやこの箕輪の領内に北条勢を一歩たりとて入れぬ自信がある。しかし今、主君の憲政様は我らを頼らず越後に逃げたいという。家臣にとってはこれほどの恥辱はござらん」

業正は続ける。

「既に国峰の小幡勢も北条方についておる。北条勢から平井城を守るのは、もはや無理である。おのおの方箕輪衆の血を無駄には流したくない。憲政様が越後の長尾景虎を頼りたいというのであれば頼ってもらえば良いと思う。じゃが、この箕輪城と家臣の皆々、そして領民は、この業正が命を懸けて守ってみせる」

と、業正は言い終わると、集まった家臣達をひと通り見渡した。業正は、たとえ憲政が越後へ去ったとしても、長野勢は独力で上州に割拠するつもりである。

業正の言葉に誰からも反論はなく、皆業正のその言葉に熱く込み上げてくるものを感じた。

「秀綱、悪いがちょっと使いに行ってもらえんか、おぬしであれば供は二人もあれば十分であろう。大人数で目立つのはまずい」

箕輪衆の主だった面々と家臣達から特に反論もなかったことから、業正は秀綱に使いを頼むことにした。

「かしこまりました、どこへ行くにも一人でも構いませぬが」

と、笑いながら秀綱は答えた。（北条氏康への使いであろうか）、秀綱は少し緊張した。

箕輪衆の面々が去った後、業正と秀綱は家老の藤井友忠と三人で大広間に残っていた。

「で、小田原の北条へ行けば宜しいのでしょうか。氏康めは剣豪と聞いておりますので腕がなりますな」

と、秀綱は業正に聞いた。さすがの秀綱もやや緊張している。

「いや、那波殿の所へ行ってもらいたい。おぬしであれば、あちらにもいろいろと知り合いもおろう」

業正は秀綱を見て、にやりと笑った。

「で、何を話してくればよろしいのでしょうか」

小田原への使者でないことがわかり、秀綱の緊張は少し和らいだ。

「氏康がどう考えているのかを、那波殿に聞いてきてもらいたい。氏康からの書状は何度ももらっているが、那波殿からの話を聞きたい。くれぐれも那波殿の迷惑にならない範囲でな」

氏康の書状の裏付けを宗俊に取りたいのかと、秀綱はすぐに理解した。

「那波殿は頑固者だ、くれぐれもへたな小細工はせんことだ、へそを曲げられると始末に悪い。おまえと同じだ」

「それは拙者も良く存じております。ご心配なく」

と、秀綱は苦笑し、それではと大広間を後にした。


秀綱は翌朝早くに供を連れ、箕輪城を出た。

秀綱は箕輪から厩橋へ向かったが、厩橋からは直接那波へは足を向けなかった。かなりの遠回りとなるが厩橋から太田の由良領を通り、平塚の河岸（現伊勢崎市境平塚）で利根川を渡り、利根川南の深谷の北条勢力の中を堂々と通り抜け那波領に向かう。その出で立ちは、武者修行をしながら仕官の口を探している旅の侍といった風貌である。

秀綱は、夕方には現在の本庄市から利根川を渡し船で渡り那波領に入る。そして那波城の西の街道を北に向かって歩いていく。

秀綱が那波城の北の田中村に着いた時には日がすでに沈み、あたりはうす暗くなってきていた。秀綱はそこで人を待つつもりだ。その日は満月の月夜であった。

しばらくすると、南の那波城の方角から供を二人連れた騎馬の侍がやって来た。月のあかりでかろうじて顔つきがわかる。

秀綱は、ようやく来たかと、あぜ道から供の二人と出てきて、その騎上の侍に声を掛ける。それを見た騎上の侍は一瞬緊張し身構えた。

「又右衛門殿、お久しぶりでござる。だいぶこのあたりも変わりましたのう」

暗闇の中からの声を聞き、又右衛門は一瞬びくっとしたが、どうもどこかで聞き覚えのある声だと思った。

「突然お声掛けして申し訳ありませぬ。秀綱でございます」

と、秀綱は名乗った。

「おお秀綱殿、何故にここにおられる」

又右衛門は、突然現れた秀綱の顔を見て驚き慌てて馬から降りた。そして、

「拙者は切るほどの大物ではござらんぞ」

と言い、笑いながらいきなり秀綱の両肩に手をやる。

何度か箕輪に通っているうちに、秀綱と又右衛門とは、親しくつきあう間柄となっていたのである。

「長野様の使いじゃ、申し訳ないが、那波殿に急ぎ取り次いでは戴けぬか」

「まさか我が殿を、切りにきたのではあるまいな」

又右衛門が笑いながら秀綱に言う。

「心配するな、長野様からの頼まれごとだ」

「わかっておる、殿も久しぶりに長野様のお話が聞きたいだろう」

と、又右衛門は言い、暗い夜道を二人は急ぎ那波城に向かった。


那波城に着くと、宗俊の準備が整うまでのあいだ、又右衛門と秀綱は簡単に夕食を済ませ、その後大広間で宗俊を待っていた。

筆頭家老の力丸日向も、急遽呼ばれ同席している。

又右衛門は秀綱の後ろに座り、念のため、又右衛門の実弟仲次郎を同席させている。

力丸日向が仲次郎も是非に、ということで急ぎ呼び出したのだ。仲次郎は、那波の家中では随一の槍の使い手である。

仲次郎は、以前から又右衛門と共に一緒に箕輪に通い、秀綱とは何度も手合せをしている。もちろん秀綱には、いつも子供の如く扱われてしまう。しかしそれ以来、仲次郎も又右衛門と同様に秀綱と親しく付き合っている。

仲次郎の槍の腕も上がってきている。が、秀綱にはまだまだ遠く及ばない。しかし、いざという時には、盾の代わりぐらいにはなれるだろうと力丸日向は考えたのだ。もちろん宗俊、又右衛門、仲次郎らは、そんなことは起こる筈もないとわかっている。

「宗俊様、お久しぶりでございます」

話は秀綱の挨拶からはじまった。

「秀綱殿、お久しぶりでござる。相変わらず秀綱殿の高名は、ちょくちょく耳にいたしますぞ。腕はますます上がってきておるようですな」

宗俊は、久しぶりに秀綱に会えた嬉しさを隠せない、また業正の使者であることも、その嬉しさを増幅させている。

「長野様からの使いと聞いておるが、本日はいかがなご用件で」

宗俊は話を切り出す。

「春の北条との戦は、なんとかなりましたが、ご存じのように上州では国峰城の小幡殿や太田の由良殿など、既に多くが北条方となっております。正直な所、次に北条勢が平井城まで押し寄せてきた場合、とても城を支えることはできないと業正様は思っておられます。箕輪衆は皆、城を枕に討死にしても構わぬと考えておりますが、総大将の憲政様については、越後の長尾景虎を頼っているとのこと。信じられませんが、噂の通りに越後に逃げるつもりであることもわかっております。業正様に取っては、誠に残念な事この上ない状況となっております」

「憲政様が越後に逃げるらしいとの噂は、この那波でも耳にしておりましたが、まさかそれが本当とは……」

宗俊は、ちょっと信じられない顔をしている。力丸日向、又右衛門らも同様である。上杉憲政とて一応は侍である。

「だがもちろん、業正様は一緒に越後へ行くつもりは毛頭ございませんせん」

秀綱がそう言うと、宗俊は、

「それでは、長野様は北条方へとのお考えか」

そう口には出してみたが、まさか業正が北条方へは簡単に寝返らないだろうと宗俊は思っている。業正の所へは、甲斐の武田信玄からも誘いの声はかかってきている筈である。

当時の小田原の北条氏と甲斐の武田との間では、甲相同盟が結ばれている。業正が甲斐の武田につき、北条と武田の間で上州での均衡を保つというやり方もある。

武田家は、武田晴信（信玄）の時代に本格的に信濃侵攻を考え、天文十四年（一五四五年）に山内、扇谷の両上杉氏と敵対していた北条氏康と和睦し、甲相同盟を結んでいる。

さらに、これに織田氏との対立がある駿河の今川義元が加わり、三家で婚姻関係を結び甲相駿三国同盟とし、この時には三国の攻守同盟として発展していたのである。


「業正様は、箕輪で割拠するおつもりでございます」

と、宗俊のその質問に対し秀綱は答えた。

宗俊は、意外だと思った。

もちろん一緒にいた又右衛門らも同様である。北条と武田を敵に回し、箕輪で割拠するというのである。

宗俊は一瞬驚いたが、すぐに（さすがは長野様である）と思った。

箕輪衆の手ごわさ、箕輪城の堅固さ、そして後ろに繫がる上州の山々。北条や武田が相手といっても、そう簡単に箕輪は落とせないであろう。ましてや、北条と武田の同盟はあっても周囲は敵だらけである。ひとつつまずけば、同盟などは一気に消し飛び、寄ってたかって袋叩きにあう。

「しいては、北条家が真に箕輪をどう思っているのかを知りたく、業正様は拙者を那波殿の所へ遣わした次第でございます」

秀綱は宗俊に包み隠さずに言った。

宗俊は、氏康から多くの書状が業正の所へ送られているのを知っている。逐次北条方から、その内容を宗俊にも知らせてきているからである。

宗俊は、業正が氏康の書状の裏付けを取りたいのだな、とすぐに理解をした。そして自分のわかる範囲で正直に答えるつもりでいる。

「氏康様は、長野様と箕輪衆の手ごわさを良く存じております。春の戦でも、箕輪衆が繰り出してきた際、北条勢が引いたのをご存じかと思います。北条方では、次の平井攻めで平井城が落ちても、箕輪にすぐ攻め入ることは無理であろうと見ております。箕輪攻めは次の機会でございましょう。ただし箕輪城を攻めれば、北条方の被害も甚大です。今はあの国峰城の小幡殿も北条方についております。長野様には、是非お味方になってもらえればと、氏康様は常日頃から口にしております。既に氏康様から長野様へは、何度も書状や使者をお送りしているのではと思いますが」

「確かに、殿は北条方から多くの書状を戴いており、使者にもたびたび会っております」

秀綱は、正直に答えた。

「秀綱殿、次の平井攻めの際には長野様はどうお考えか、憲政様が越後に逃げるのを承知で、平井城まで繰り出すおつもりなのでしょうか」

箕輪勢が平井城に入るとなると、北条方も相当な被害を覚悟しなければならない。北条方が最も気にしている点である。

「越後に逃げる総大将を助けるため、わざわざ箕輪衆の犠牲を出すつもりはござらん。殿は、動くつもりはないとのお考えでございます。但し、北条勢が平井攻めの後、箕輪を攻めるとの話であれば別となります、殿は平井城まで繰り出すつもりでございます。箕輪領の中に、北条勢を一人も入れるつもりはござらん」

秀綱は、業正の考えをそのままに宗俊に伝えた。

「平井城を攻める際に箕輪衆が動かないとあれば、北条方は箕輪までは押し寄せるつもりはなかろうと思います。既に氏康様から長野様へ、そのような書状が届いておるかと思いますが」

と宗俊は言い、そして続ける。

「長野様にお伝えくださされい。もしご不安があれば、この宗俊、再度氏康様にこの件は確認いたすと。無益な戦で双方に犠牲がでるのは愚の骨頂でございますからな」

「そうして戴ければ、我が殿も助かるかと思います。是非それをお願いいたします」

と秀綱は、宗俊に深々と頭を下げた。

秀綱は、業正から頼まれた役目が何とか無事に終わり、ほっとした表情である。

「宗俊様、北条家はいかがでござる」

帰りがけに秀綱は宗俊に聞いてみた。

「家風が、この宗俊に合っておるかと感じております」

「お恥ずかしいことに、管領家は家風がございませんからな」

と、秀綱は頭を掻きながら笑った。

「箕輪衆にはあるではありませんか、長野業正様という強い家風が、この宗俊、いつも近くにおられる秀綱殿がうらやましい限りでございます」

秀綱は、業正を褒められたのがよほど嬉しいのか、にこっと子供のように笑い、そして再度深く頭を下げ宗俊の前を去った。

又右衛門は、その日のうちに帰ると言った秀綱を、強引に自分の屋敷に引き留めた。そして仲次郎と三人で朝まで酒を飲み交わし、剣術と昔話に花を咲かせた。

翌朝、又右衛門はなにやら外が騒がしいので目が覚める。目をこすりながら外に出てみると、庭で仲次郎が秀綱に稽古をつけてもらっている。

「秀綱殿、仲次郎の腕はいかがでござる、少しは上達しましたかな」

と、又右衛門が秀綱に声を掛けると、

「兄上、聞かんでください。恥ずかしながら、既に八本取られ、まだ一本も返しておりません。昨日秀綱殿に酒をもっと飲ませておけば良かったと後悔しております」

秀綱の攻めに防戦一方の仲次郎が、何とか返事をした。しかしながら、秀綱の攻撃からは、目を一瞬もそらせられない。

「いやいや仲次郎、腕は上がっておるぞ、さあ、さあ、かかってこられよ」

と、秀綱はそう言って、仲次郎にさらに十本ほど稽古をつけた。

その後秀綱は、又右衛門と仲次郎と久しぶりに愉快な時を過ごせたと、礼を言って足取りも軽く箕輪へ帰っていった。

又右衛門は、箕輪に帰っていく秀綱の後ろ姿をしばし見送ると、次に秀綱と会うのはおそらく戦場かも知れぬと思い、はるか箕輪城のある榛名山の方角に目をやった。

箕輪城の攻略は、長野業正の目の黒いうちは無理であろうと氏康は思っている。

箕輪を攻めれば北条方の被害が大きい、また同盟があるとはいえ、箕輪攻略に手間取れば、甲斐の武田信玄にその隙をつけ込まれる恐れがある。

箕輪の長野業正には、国峰の小幡憲重と同様に、北条方に寝返りをしてもらうのが一番である。そして、寝返りが難しかったら甲斐の武田信玄を利用し、箕輪城を攻めさせるのが次の策である。

氏康は、箕輪城には手をつけず、関東平野をまず平らげ、上杉憲政を平井城から追い出す。そうすれば、箕輪衆以外の上杉管領勢力である足利長尾、桐生氏、厩橋長野氏などは雪崩をうって北条方に従うだろうと見ている。

氏康はその後、甲斐の武田信玄、駿河の今川義元、越後の長尾景虎、そして箕輪の長野業正との戦いを考えれば良いと思っている。

氏康の周りには、それほど敵が多い。この時期、安房の里見氏、常陸の佐竹氏、下野の宇都宮氏にも手を焼いていた。氏康は箕輪城の長野氏の攻略に、とても兵や時間を割けられない状況だったのである。

氏康は業正へ使者や書状を頻繁に送り、憲政につく愚かさを説き、できれば北条方についてもらいたい旨を何度も伝えている。そして、北条方に寝返らなくとも中立を守ってくれれば、箕輪に攻め入りはしないことを約束している。

業正は、自分が氏康でも箕輪攻めをすることは、まずないと見ている。小田原のはるか北の箕輪を攻め、へたにそこでつまずけば命取りになりかねない。甲斐の武田信玄と駿河の今川義元は、氏康の隙を常に窺っているのである。

業正は、氏康の箕輪攻めをしない約束を認める書状が嘘ではないだろうと思っていた。しかし、その裏付けを宗俊に取りたかったのである。

北条からの確認の書状が那波に届くと、宗俊は、それをこっそりと又右衛門に箕輪に届けさせた。本来であれば、家老の力丸日向が一緒に箕輪に行くべきであろうが、それでは、あまりにも目立ちすぎである。

又右衛門は箕輪の秀綱の屋敷に着くと、すぐに業正の所へ秀綱と一緒に書状を持っていった。

「この度の那波殿のお働き、業正、誠に感謝しているとお伝えくだされ」

と、業正は礼を言うと、北条氏康からの書状に一通り目を通した。氏康の書状は宗俊が言っていた通りのものであった。

業正は、敵側とはいえ、あの北条氏康のもとで宗俊が信頼されていることがわかり嬉しかった。それも、今回の秀綱の那波訪問の目的の一つであった。

その年の十二月、北条氏康の第二次平井城攻撃が始まる。

憲政は、まだ越後入りを景虎との間で交渉中であり、早すぎる北条の動きに大いに動揺した。

いくら招集をかけても、管領家の家臣達は足が重く、すぐに平井城に集まろうとしない。業正の箕輪衆の動きも鈍い。

北条方は平井城を目指し北上し、現神川町の金鑚《かなさな》神社をあっという間に焼き払った。唯一管領方として、御嶽城の安保信濃守泰広が籠城し北条勢に対抗したが、城の水の手を絶たれ、ついには降伏した。この御嶽城攻めは、「乾死多し」と記録にある。

御嶽城が落ちたことにより、平井城からの家臣達の離散が始まった。また国峰城の小幡憲重が平井城の攻撃に動き出したとの知らせが入り、ついに御馬廻衆までもが憲政を見限り、我も我もと城を落ちていく。

そして、平井城の守りが、わずか兵五、六百となってしまった。

この状況をみかねた業正は、家臣達の反対を押し切り、国峰の小幡憲重を牽制するために動く。箕輪城から南の安中付近まで兵を繰り出し、小幡勢を国峰城にくぎ付けにした。小幡勢が平井城の背後を突けば憲政の首がなくなるからである。これが今の業正にできる最後の奉公であった。

業正の家臣の中には、箕輪勢が出兵しなければ箕輪には攻め入らないとの、北条方との約束を心配する者もいたが、いずれにしても北条は箕輪領までは出てこれまい、それに箕輪勢が戦に直接参加した訳でもない、と業正は高をくくった。

もちろん業正は、憲政が箕輪城に逃げ込んでくれば、憲政を守るつもりでいる。

そして、ついに憲政は平井城を捨てた。しかし憲政は、越後の長尾景虎との条件交渉がまだ半ばであり、すぐには越後に入ることができない。

まずは足利長尾氏を頼ることも考えたが、南の由良が既に北条方である。また足利長尾氏にも、おいおい北条方からの手が伸びることを恐れた。

箕輪城の長野業正は、憲政が泣きつけばさすがに受け入れてくれるだろうが、意地でも業正の所へは行きたくない。

憲政は、総社長尾氏・白井長尾氏などの庇護のもと、最後は利根沼田地方に逃げ込んだ。ここで長尾景虎と、越後入りした後の立場や条件を交渉し、確認した後に越後に入ることになる。戦は全くだめでも、こういう所はしっかりしている。

憲政から上杉姓と管領職を景虎にゆずり、憲政には当面三百貫文の厨料と、関東を平定した後には、上野一国を進呈することなどが景虎との間で約束された。憲政と共に上野から越後へ従った者は、およそ二十人ほどであると言われている。

残された憲政の嫡男龍若丸は、平井城落城の寸前に降伏の使者とし、重臣六人と共に北条方の陣に送られた。

しかし、憲政が城から落ち和議を反故にし、さらに逃亡したことがわかると、小田原の北条氏康の元に送られ、家臣共々、小田原にて斬首されてしまう。憲政は、息子を囮にし、その隙に越後へと逃れたのである。

それとも長尾景虎に、管領職を譲ることの裏付けとして、息子は越後へ連れていかないとの約束でもあったのであろうか。

どんな事情があったのかわからないが、龍若丸のことは、親として言い訳ができない憲政の恥である。

現在、小田原の山王小学校前の民家の脇に、ひっそりと龍若丸の祠が建てられている。

憲政は子供の頃に父親と別れ、僅か八歳にて関東管領となり、わがまま一杯に育ってきた。常に周りに「よいしょ」をされながら育てられてきたのである。一般にその種の人間は人を思いやる心に欠ける。

家臣や民衆の気持ちもわからず驕り、女におぼれ、酒に明け暮れていた。憲政の周りには、主君にこびへつらう者だけが集まるようになり、まともな家臣は自然と離れていってしまったのである。

小知恵の働く佞臣ほど、始末に悪い者はない。憲政の場合、上原光定と菅野大膳の二人がこれにあたる。

先に述べたが、この二人が憲政の信州攻め、那波の由良攻めを進言している。

氏康の北条勢の襲来を聞き、今まで憲政の寵愛を受けていた上原兵庫介は行方知らずになり、菅野大膳も甲州へ落ちたと言われている。

平井城攻めでの那波宗俊の貢献は大きい。

河西の衆を、一戦も交えず那波勢の味方につけることに成功したと『仁王経科註見聞私』にある。

河西の衆とは、箕輪長野氏・安中氏など利根川西岸の西上野衆のことである。

また宗俊は、東上州で平井城救援の動きを見せた足利長尾氏・桐生氏・厩橋長野氏・大胡氏・下野佐野氏らの動きを牽制し、北条方の援軍と共に那波領北部へ繰り出し戦っている。幸いなことに、東上州の諸将も憲政への義理で出陣した程度であり、大きな戦いとはならなかった。

この働きにより氏康は、由良成繁に奪われていた粕川東岸の旧那波領を宗俊に帰すように取り計らった。また利根川南の那波領もさらに広げることができた。

七　越後勢との戦い

越後の冬に比べると、上州の冬は過ごしやすい。たまには雪も降るが、ほとんど晴天の日が続く。そして雪は降っても、二日もすればすぐに融けて消えてしまう。しかしながら「からっ風」と言われる季節風は冷たく、時には立っているのもつらくなるほどの強風である。

そのからっ風の中、那波では越後勢の越山に備え城の整備をあわただしく進めている。

宗俊は四つの城にて、越後勢への対応を考えている。那波城、稲荷山城、赤石城、茂呂城である。

那波城は、那波家の本城である。しかし土塁と堀で囲まれてはいるが、平城で守りに弱い。また周囲が平坦で大軍での展開が容易であり、越後勢に囲まれたら最後、身動きが取れなくなってしまう。

宗俊は、那波領で最も南に位置するこの那波城が南の利根川までおよそ二キロと近く、援軍として駆け付ける氏康の北条勢との連携も取りやすいと考え後詰の城とした。北条からの応援部隊も、この那波城に入ってもらう。

稲荷山城は、那波城の北西およそ六キロの所にあり、厩橋（現前橋市）方面に面している。越後勢は、おそらく沼田、渋川、厩橋と攻めてくる筈である。最初に越後勢の標的となるのは、おそらくこの稲荷山城となる。赤石城は、稲荷山城の東約五キロの所にある。厩橋方面から来襲する越後勢が、稲荷山城の次に攻めるのが赤石城となる。

赤石城の西側は、広瀬川に面する断崖となっており、城の守りは非常に堅固である。また北に流れる川に沿っては深い谷があり、北側の守りも固い。南も自然の地形を利用し大きな堀があり、さらにその外側には乾曲輪がくり出してある。唯一東側が弱点であるが、空堀と堀によって本丸、二の丸、三の丸と区切られ、また城が東西に細長くなっている所から、東側からの大軍勢による力攻めは難しい。

宗俊は、この守りの堅い赤石城を核とし、越後勢との戦いを考えている。城の東側の弱点については、赤石城の南東約三キロの所にある、これも広瀬川左岸の断崖の上に作られた茂呂城と連携し守るつもりでいる。

越後勢は、赤石城を攻めるには守りの強固な西側や北側でなく、城の東側に部隊を展開する必要がある。しかし、赤石上の南にあるこの茂呂城から機を見て那波勢が繰り出せば、越後勢を側面から十分に悩ますことが可能となり、越後勢は自由に赤石城を攻めることができない。

越後勢が、まずは目障りな茂呂城を、と攻めかかれば、その時は赤石城から兵を繰り出し退路を断てる。

茂呂城も西側は、広瀬川の断崖で守られ堅固である。東側については、当時は粕川の流れを引き入れており守りは堅い。この二つの城が連携すれば、相手がそこそこの軍勢でも簡単には城を落とすことはできないであろうと宗俊は考えた。


宗俊は、厩橋方面から攻めてくる越後勢が、おそらく最初に稲荷山城に襲いかかり、次に軍勢を東に展開し、赤石城を攻めると読んでいる。または稲荷山城、赤石城を大軍勢で一気に攻める可能性もあると考えている。

那波城については、利根川を挟んだ南に氏康の大軍勢が控えているので、稲荷山、赤石の両城が落ちた後でないと手を出せない。

宗俊のこの備えは、この正月に小田原で北条方と打ち合わせた通りである。まずは那波領内の赤石城にて籠城し、越後勢を食い止める。越後勢に隙あらばと見れば、氏康の北条勢の本隊が赤石城周辺にまで繰り出す。

赤石城が越後勢の手に落ちた場合には、那波城まで引く。越後勢があまりに強力であれば那波城を捨て利根川を渡り、利根川南の氏康の北条勢に合流する、といった具合である。

那波勢の布陣は以下の通りである。

稲荷山城　那波宗俊以下四百

赤石城　那波宗安（宗俊の嫡男）以下七百
茂呂城　那波元信（宗俊の弟）以下五百
那波城　家老力丸日向以下那波勢二百と北条方からの加勢五百

那波勢の動員可能な総兵力は、周囲の小豪族を含め千八百である。百姓からの動員を含めると何とか二千程度にはなる。北条の先発部隊からの加勢は、五百程度と見ている。

前述したが、宗俊は、おそらく最初に越後勢の標的となるのは稲荷山城と見ている。稲荷山城は東に韮《にら》川があり守りは堅いが、越後勢の来襲が考えられる西側は、土塁と空堀のみになっており守りに弱い。

その稲荷山城には、宗俊がみずから入り越後勢の動静を伺い、何度か弓矢を交わした後に城に火を放ち、最も堅固な赤石城に移る考えでいる。

従って、赤石城千百、茂呂城五百にての籠城戦となる。越後勢が五千程度であれば、いくらかは持ちこたえられる筈である。

友右衛門は、宗俊の御馬廻りとして宗俊と共に行動し、又右衛門と友一郎は、宗俊の嫡男宗安と赤石城に入る予定である。

那波宗安は、この年に十七歳となる。宗俊の嫡男ということもあり、当初は安全を考え力丸日向と共に那波城に入れる予定であった。それほど越後勢とは厳しい戦いになると、宗俊は見ている。

しかし、宗安は軍議の席で、父の宗俊にかみついた。

「父上、この宗安、今年で十七でございます。いつまでも子供扱いでは家臣の者達に笑われてしまいます」

先の由良との合戦の時には、宗安は十歳にも満たなかった。そのため戦に参加することができずに那波城にいた。それでも「初陣だ」と言って駄々をこね、周囲の者をおおいに困らせた。宗安にしてみれば、今度こそは何が何でも初陣をと考えている。

「宗安、今回は越後勢との大戦じゃ、那波城に入ってもらわんと困る」

宗俊は、子供を諭すように宗安をなだめた。が、その言い方が、かえって宗安には気に入らなかった。むっとしながら、

「父上、越後勢との大戦であれば、尚更のことでございます。勝敗の如何はともかく、子々孫々まで語りつがれること間違いないかと思います。その戦に、この宗安が参加をしてないとあっては、あの世に行ってご先祖様に顔向けができないどころか、これから生まれてくる子孫の皆々に名前も忘れ去られてしまいます」

宗安は、そう言い張りゆずらない。

宗俊は眉間にしわを寄せ、渋い顔をしている。ただでさえ越後勢の来襲に頭を悩ませている。宗安のわがままに、これ以上つきあう暇はない。

「若殿、殿のお気持ちを、おわかりになってくだされ」

眉間にしわを寄せている宗俊を見かね、隣に座る力丸日向が口を挟む。しかし、宗安は力丸日向の方を見向きもせず、さらに宗俊に食って掛かる。

「では、なぜ父上は、常日頃から鍛錬せよと言われておるのですか。このようなお家の存亡をかけた時のためではないのでしょうか。それが違うとならば、明日からはこの宗安、鍛錬を忘れ、那波城で何もせず寝て暮らすしかありません」

何とか抑えているが、宗安のしつこさ、語気の強さに、宗俊の顔に徐々に苛立ちが現れている。

「宗安、おまえの気持ちはわかる。が、このたびの越後勢は大軍勢だ、今回の戦は何があるかわからん。当主と嫡男が枕を並べて討死では家が滅ぶ」

宗俊は、さらに語気を強め宗安に言う。周囲の者も宗俊に何かあったことを考え、宗安には、何としても那波城に入ってもらいたいのが本音である。

「十七になる倅の討死が怖くて後詰に回したのでは、お家は笑われますぞ。笑われるのと滅ぶとでは、父上はどちらが宜しいのですか」

宗俊の怒りなど一向に気にせず、宗安も声を大にして反論する。若い宗安には、ゆずる気配は全くない。

「倅の討死が怖くて後詰に回したのでは、長野のじいにも笑われますな」

このひと言に宗俊は、ふと、業正が河越の合戦で嫡男吉業を亡くしたことを思い出した。

吉業は、父業正に負けず家臣の皆から慕われており、なおかつ武勇の誉れが高かった。吉業の時代になっても長野家は安泰、と周囲の諸豪族からもそう見られていた。業正にしてみれば、吉業の死は本当に残念なことであった。

宗俊は、河越の合戦で、那波勢に伝令にきた吉業のその勇ましい姿を思い出した。吉業は当時十六歳の若武者であった。吉業を思い出すことで宗俊の怒りは徐々に下がり、宗俊は冷静になった。目の前の宗安と吉業のその姿が重なって見えたのだ。そして、宗安の戦場での、その勇ましい姿を宗俊は見てみたくなったのだ。

しかし、そんな宗俊の心の動きには一切お構いなしに、若い宗安はさらに宗俊に食って掛かる。

前述したが、宗俊は宗安を短い間だったが業正の所へあずけている。それをきっかけに宗安は平井に業正がくれば、長野のじいの所へ行くと言って、必ず業正の所に顔を出していた。業正は、宗安の成長に大きな影響を与えている。

その業正が、今度は越後勢と一緒に那波を攻めてくるとのことである。なおさら宗安は赤石城で越後勢を迎え撃ち、業正にその姿を見せたいと思っている。前線からはるか後方の那波城に引き籠もっている訳には、何がなんでもいかないのだ。

「この宗安、越後勢との大戦になるからには、既に討死を覚悟しております。那波家の跡目は次郎（後の顕宗、この時十三歳である）で宜しいかと思います。何なら、本日跡目を次郎と決めて戴いても一向に構いません」

宗安の顔は、いたって真剣である。宗俊を睨み目をそらさない。怒りに任せて口にした言葉ではないことがわかる。これに宗俊は、宗安の一層の覚悟を知る。

次郎は、どちらかというと父の宗俊に似、学問を好む。宗安は学問より武を好み、子供の頃から手を焼いた。剣術や乗馬が好きで、今の実力はとても十七歳とは思えない。家臣達はそんな宗安の将来が楽しみだと言う者も多いが、宗俊にしてみれば前線で働く一人の武将ではなく、一軍の将としての心構えを持ってもらいたいと思っている。

しばらく沈黙が続いた。この場にいる家臣らも、宗俊、宗安のいずれの気持ちがわかり、話に割って入ることを躊躇している。

「父上、私が討死を覚悟しているということは、父上には、何があっても生きていてもらうとの覚悟でございます」

重い空気の中を宗安が再び口を開く、が宗俊は沈黙したままである。

宗俊の心は揺れている。

しかしながら越後勢を相手にした大戦で自分が心おきなく戦うためには、宗安を那波家の将来のため、なんとしても那波城に入れておきたいという思いがまだ強い。

宗俊と宗安のやり取りは、いつまでたっても終わりそうもない。重い空気が続く……

宗俊の弟の元信が、

「兄上、ここは宗安には、まず拙者と茂呂城に入ってもらったらいかがでしょうか。茂呂城であれば、いつでも那波まで引くことはできます」

「叔父上、宗安は赤石城でなければ嫌と言っております」

そう言いながら宗安は、叔父の元信を睨みつけた。

宗俊も、茂呂城はまずいと思った。猪武者の宗安が、少ない手勢で茂呂城から赤石城に突出でもしてきたら命がいくつあっても足りない。

そんな様子を見かねて、ついに家老の力丸日向が重い腰をあげ、しぶしぶと宗俊の前にすすり出た。

「殿、この日向、このような若殿とは、とても那波城にてうまくやっていけそうにありませぬ」

と、力丸日向は、宗安にめくばせをしながら宗俊に言った。宗安の口からは小さく笑みがこぼれた。

宗俊は、力丸日向に外堀を埋められてしまった格好である。また、宗俊が考えを変える良い口実を力丸日向が作ってくれた形でもある。

宗俊は、周囲に悟らえぬよう心の中で、よし、と右手に握りこぶしを作り決断をした。

「それでは、宗安には赤石城に入ってもらう。又右衛門、友一郎と共に宗安を頼む」

周囲にそう言った宗俊は、何かすがすがしい表情であった。宗俊は心の底ではそれを望んでいたのである。

吉業が河越の合戦で見せてくれたその勇姿を、今回の戦で宗安が見せてくれるかも知れないとの楽しみのような期待があり、力丸日向のその言葉に押され、宗俊はようやく踏ん切りがついたのである。

又右衛門は緊張の面持ちで、

「はっ、命に代えて」

と、大きな声で応えた。

宗安は、してやったりと又右衛門の方を見ながら、にこにこと笑っている。

又右衛門は、宗安を幼い頃から面倒を見てきているが、今度ばかりは大変なことになったと身震いした。お家のため、自分と甥の友一郎の命を掛けても宗安を守らなければならない。

「又右衛門、子供扱いは無用じゃ」

宗安は、深刻な顔をしている又右衛門を気遣い、笑いながら声を掛けた。

友右衛門は、宗俊の御馬廻りとしてまずは稲荷山城に入ることとなっている。友一郎とは離れてしまうが、それで良いと思っている。戦場では、へたに親子が一緒に行動するのはまずい。親子がお互いの心配をすることより、主君の命を守ることが最優先なのだ。

六月になった。まだ越後勢が動いたという知らせが入ってこない。しかしその代わりに、驚くべきことが北条方より知らされた。

この五月十日、四万の大軍を引き連れ尾張に向かった駿河の今川義元が、尾州桶狭間において、織田信長に討たれたという知らせである。

宗俊は、河越の合戦で北条勢に完敗した関東公方と両上杉管領家、そして桶狭間にて、足利将軍家の名門今川家の当主が尾張の小豪族織田信長に討たれたことで大きな時代の流れを感じざるをえなかった。

そして、このことにより北条氏政は、西の駿河の今川家への負担が減り、越後勢への対処に十分力を注げる旨、宗俊に伝えてきた。那波勢に取っては、良い知らせであると思われた。

しかし、このことは越後の長尾景虎にも幸いする。抜け目のない武田信玄が、この機に駿河方面に侵攻を始め、信玄の越後への脅威が小さくなったからである。これにより景虎は、関東出兵の天運が来たと間違いなく思った筈である。

七月になっても越後勢は動かなかった。

氏康は、噂だけで今年の越山はないのかと思い始めていた。が、八月の終わりになると越後に忍ばせている間者から、ついに景虎より関東出兵の触れ状が出されたとの知らせが入る。

そして景虎は、八千の越後の精兵を率いて三国峠を越えてきた。翌年の永禄四年（一五六一年）には、武田信玄とあの四度目の川中島合戦を行う油の乗り切った越後勢である。

そして思っていた通り、景虎が三国峠を越えると、多くの関東管領上杉家の旧臣らが雪崩をうって景虎のもとへ馳せ参じてきた。

景虎は、手始めに沼田城に襲い掛かる。

沼田城には、小田原から北条孫次郎が援軍に送られてきていたが、沼田顕泰はひと支えもできず北条孫次郎と共に沼田城を落ちた。

沼田城が越後勢に落ちた後、沼田城には多くの上州の豪族が馳せ参じ、景虎に忠誠を誓った。その中には、上州白井城主白井長尾憲景や惣社城主の惣社長尾能登守などがいる。これで越後勢は、那波領とは目と鼻のさきの厩橋まで容易に繰り出せる状況となった。

箕輪の長野業正は、もちろん今までに何度も憲政と景虎からの書状を受け取っている。しかし、憲政が越後に落ちた経緯もあり、また景虎の父為景が、かつては関東管領家の主君上杉顕定を討ったことを忘れてはいない。業正は、あいまいな返事を景虎に繰り返していた。

「まずは景虎に会ってからじゃ、その人物を見てから決めさせてもらう」

家中の皆に、業正はそう言っていた。

業正は、（景虎は憲政の口車に簡単に乗ってしまう奴だ。周囲の評判は高いかも知れないが簡単には信じる訳にはいかん）と思っている。

そして業正は、秀綱ら三百人程の兵を伴い沼田城を落とした越後勢の陣へ行き、景虎との初の対面をすることになる。

面会の場に着くと、まず目に入ったのは上杉憲政である。業正は覚悟をしていたが（まあ、この御仁は、ひとこと嫌味を言って終わりだろう）と思っている。

「業正、久しぶりだな。越後の大軍勢を見て、尻尾を振って出てきたか」

憲政は、にやりといやらしい笑みを見せ業正に声を掛けた。期待していた通りである。

「ご無沙汰しております」

と、ひとことだけ業正は憲政に挨拶をし、すぐに横にいる長尾景虎に目をやった。

「お初にお目にかかる。長尾景虎と申す。長野殿のお名前は越後にも聞こえておりますぞ」

景虎から最初に業正に声を掛けた。

越後国内での戦いを制し、甲斐の武田信玄に追われた信濃の豪族のために戦い、二度の上洛を果たし、そして今回は関東管領の襲名も決まり満を期しての越山である。これから始まるであろう小田原の北条氏との大戦に不安のかけらもなく、自信にみなぎっている若武者の姿が業正の前にあった。その景虎に業正は、まさに今は亡き息子吉業の姿を思い出した。そしてその瞬間、景虎に従うことを決心した。

その様子を察し、景虎が言葉を続ける。

「じい、そのつら構えを見て氏康や信玄めが苦労しているのが良くわかったわ、小田原まで案内してくれ」

と、親しみを込め業正に言った。

「めっそうもない、今まではたまたま運が良かっただけで何とか凌いでおります。この業正、もはやただのおいぼれでございますが、最後のご奉公と思い、景虎様と小田原までご一緒をさせて戴きます」

と、業正はすぐに返事をした。

一緒にいた業正の重臣達や、あの秀綱でさえ、景虎を直接見たことで、誰もが業正の景虎への返答に納得している。

武田信玄は北条氏康の下野（現栃木県）侵攻に呼応し、弘治三（一五五七年）、嫡子義信を総大将に一万三千を碓氷の瓶尻《みかじり》に派兵している。

業正の西上州勢は、善戦はしたが甲州勢に押され、ついには箕輪城に退いた。武田勢は勢いに任せて箕輪城に襲い掛かったが逆に長野勢の逆襲を受け損害を受ける。そして武田軍は、長尾景虎が川中島に進出したとの知らせを受け、兵を西上州から撤収している。

景虎の越山の前年にも信玄は、兵一万二千を率い再度西上野に侵攻しているが、長野業正は箕輪城にて鉄砲を駆使し、武田軍約五百を討ち取っている。

業正は何度も甲斐の武田信玄の侵攻にあっているが、その都度撃退している。もちろん、景虎もこのことを良く知っており、業正には一目置いている。景虎にとって、初の越山の最初の段階で業正を味方につけることは最も重要なことであったのだ。

業正にしてみても、西上州勢だけでは武田勢との戦いは楽ではないと感じ始めていた所である。そして景虎の、その人物を直接目にすることにより、なんのためらいもなく幕下《ばっか》につくことをその場で決めたのである。

憲政からいろいろと業正の悪口を聞かされていた景虎には、思いのほか業正が簡単に味方についたのには意外であった。が、まずはひと安心した。また業正に直接会うことで、その人物を良く知ることができた。

「近日中に厩橋（現前橋市）まで、箕輪衆を繰り出すつもりでおります」

と、業正は景虎に告げ、箕輪城に足早に戻っていった。

景虎と業正が話をしている最中、憲政がたびたび口を挟もうとしたが、景虎、業正とも、憲政には一切顔を向けず無視をして話をしていた。業正の後ろにいた秀綱は、それを見て可笑しくてたまらなかった。

箕輪への帰路で信綱は、景虎について業正としきりに話をしていた。剣豪の秀綱の目にも景虎には大きく感じるものがあったようだ。

箕輪へ帰る準備をしている業正の陣に、越後勢の陣から訪ねてくる者がいた。景虎の重臣の安田景元である。

「安田殿、那波殿からお名前は聞いております」

業正は快く景元を迎え、利根川を見下ろす高台まで一緒に歩いていった。

沼田城は利根川の河岸段丘の上にあり、沼田城から見下ろす利根川の流れ、沼田盆地の眺めは絶景である。

「殿は言葉が少ないので、長野殿にしてみればやや物足りなかったかも知れませぬが、長野殿にお味方について戴き、ひと安心しております」

まず景元が、本日の景虎との会談のお礼を述べた。

「我々も武田勢には、さんざん手を焼いておりましたので、景虎様に越山して戴き、正直助かっておるというのが本音でございます。こちらからこそ、景虎様にお礼を言わなければなりませぬ」

先に述べた弘治三（一五五七）年の瓶尻合戦にて箕輪城が武田勢に攻められた際、越後勢が川中島まで進出してきたことにより甲州勢が箕輪城から引いた。その件について、業正は遠まわしに礼を述べた。

「あの時は、越中でもいろいろとあり、家中の中では川中島への出兵に反対する者が多くありました。今にしてみれば、殿は既にあの時から長野様のことを考えていたのではないかと思われます」

業正もそう思っている。だが会談では、そのことに一言も触れない景虎に、業正は人物を感じる。

景元は、話が一区切りした所で話題を変えた。

「実は那波殿のことですが、なんとか越後勢へと、長野殿からもお願いしてはくださらぬか。この景元、那波には幼き頃に預けられ、大きな恩義を感じております。また同じ大江一族としても、何とかできないものかと思案に明け暮れる毎日でおります」

確かに景元の顔には、宗俊を心から心配している表情が見て取れる。既に多くの書状も宗俊に送っているのだろうと業正は思った。

「那波殿の性分からして、憲政様がいる限り、簡単には越後勢への鞍替えは無理でござろうな。だが厩橋まで繰り出せば状況は変わる。越後勢の数も膨れ、上州の北条勢の中でも寝返りが増えてくるのは必然。その時に再び那波殿の説得を試みたらいかがでござろう。那波殿も家臣の皆々のことを考え、考えが変わるかも知れぬ」

と、業正は口にしてみたが、宗俊の性格からして、よほどのことがない限り、宗俊が越後勢に加わるのはありえないと思っている。

「確かに、今は東上州や下野（現栃木県）の諸将からも越後勢につく者が増えてきております。しかしながらこの景元、宗俊殿へはいくども書状を送っておりますが、いまだなんの返事さえありません」

「安田殿、北条方についている那波殿は、安易にこちらに書状は出しますまい。へたに返事をして北条方に痛くもない腹を探られては、しいては安田殿へも迷惑をお掛けすることになる。おわかりくだされ。返事のないことは、那波殿の思慮の深さでござろう」

と言い、業正はできるかぎりの協力はする旨を景元に約束をし、箕輪城に帰っていった。

景元は、業正が噂通りの人物だったこと、そして宗俊を案じていることがわかり、少し気が楽になった。以後宗俊のことについて、いちいち業正に相談するつもりでいる。


「越後勢動く」の知らせが那波に入る。

宗俊は家臣への総動員を命じた。

那波城では、次々に諸将が入城してくる。

友右衛門は、宗俊の御馬廻衆の一人であり知行は五十九貫文であった。これに対する軍役は、騎馬武者一人、徒歩武者四人、足軽十人となる。友右衛門は黒光りをした立派な甲冑を身に着け、堂々の入城をした。本家の又右衛門は、総勢六十名を引き連れての赤石城への入城である。

そして宗俊が稲荷山城に移ると、友右衛門と伸次郎はそれに従った。友右衛門の息子友一郎は、又右衛門の部隊と行動を共にしており、宗安のいる赤石城入る。


この年の九月は雨が多かった。

北条方についていた多くの上州の諸豪族は、越後勢の大軍を見てたちまち寝返り、越後勢は厩橋までほとんど戦いらしい戦いをせず、兵を進めることができた。

厩橋では、厩橋長野氏が抵抗するそぶりをみせたが、結局一戦も交えずに越後勢に降伏する。

沼田、厩橋と、あっというまに越後勢に落ちたことから、雪崩をうって我先にと、上州の諸将は景虎の陣に参陣をしてきた。下野国衆（現栃木県）では足利の長尾当長《まさなが》や唐沢山城主佐野昌綱なども越後勢に加わった。そして、厩橋で越後勢は陣を整え、那波攻略の準備を着々と進めることになる。

依然として北条方の那波氏、小泉城の富岡氏、館林の赤井氏、太田の由良氏は、越後勢との対決姿勢を崩していない。が、最初に越後勢との合戦に及ぶのは、厩橋に最も近い那波勢であることは、誰の目から見ても明らかである。

ここでどういう戦をするかによって、北条の将来がかかっている。

那波勢は、稲荷山城、赤石城、茂呂城にて防御の体制を整え越後勢を迎え撃つ覚悟である。北条の援軍も、藤田重利の配下の部隊が、那波城に既にいくらかが入ってきている。そして北条方は、太田の由良成繁にも出兵をしきりに催促している。

那波を中心に、北条勢は越後勢との対決の姿勢を強めている。

稲荷山城の宗俊の那波勢と、越後勢との小競り合いが、厩橋領と那波領との間で十月上旬に始まった。

しかし、越後勢は思った以上に軍勢が急激にふくれ、厩橋で軍勢を整えるのに時間がかかっており、那波への本格的な進撃をなかなか進めることができない。

そして十月の下旬、遅い台風が上州を直撃する。

稲荷山城にいる宗俊は、広瀬川の水位もだいぶ上がり、しばらく越後勢は本格的に攻めてくることはあるまいと見ていた。厩橋から赤石城や茂呂城を攻めるには、いくつかの川を渡る必要があるためである。

台風の翌日、まだ広瀬川が「ごうごう」と恐ろしい音を立てて流れている時、越後勢は意外にも赤石城の北方に現れた。景虎が大胡に進出していた本庄繁長に、先方の大将として急遽赤石城攻めを命じたのである。

台風の影響で広瀬川の水位が高いうちに、一気に赤石城を落とすつもりである。この越後勢の動きによって、稲荷山城にいる那波勢が全く無駄となってしまった。

雨で水位が上がり広瀬川が渡れず、赤石城への救援にすぐに向かえないのだ。利根川の南にいる北条の援軍も同様である。利根川の水位が高く動きが取れない。それを見越した景虎の采配であった。

宗俊は、越後勢に利用されないように稲荷山城に火をかけ、そしてすぐに赤石城への合流を試みた。しかし広瀬川の水位は高く、簡単には渡れそうもない。

宗俊は、那波城からいくらかの援軍を赤石城へ入れるべく伝令を出した。が、那波城からも広瀬川の水位がまだ高く、また、まだ十分に北条方の援軍が入ってきていない手薄な状況であり、援軍を送ることはできないとの返事である。

この時、越後勢が雪だるま式に増えたのを憂慮し、北条方が利根川の南での防衛を考え始めていたこともあり、那波城への北条方の援軍の動きはにぶかった。

そして、ついに北条方は那波勢に、赤石城と茂呂城を捨て那波城への退却を命じた。

しかし本庄繁長の越後勢が攻めてきており、赤石城からは簡単には引けない。退却戦では、へたをすれば全滅の危険がある。

宗俊の軍勢は、遥か茂呂城の南の馬見塚付近にて、ようやく浅瀬を見つけ広瀬川を渡河することができた。

宗俊は馬に鞭を入れ、一路赤石城への救援に向かう。


さて、赤石城の動きである。

越後勢の若い寄せ手の大将本庄繁長は、大胡から南下し、赤石城の北方三キロの所にある華蔵寺《けぞうじ》に本陣を置いた。今の伊勢崎市民の憩いの場となっている華蔵寺公園である。華蔵寺は小高い丘陵の琴平山を背後に持ち、赤石城とその周囲を見渡せる絶好の場所である。

本庄繁長は、景虎に命じられたように、まず赤石城へ降伏の使者を立てた。

しかしながらその使者は、宗安に「ふざけるな」と、城に近づくなり矢をいかけられ追い返されてしまう。越後勢は、それではひと攻めと、赤石城に東側と北側から襲い掛かり城に取りつき始める。

思ったより簡単に城は落ちそうだ、と越後勢が思ったその瞬間、そこへ大轟音がとどろく。火縄銃である。それも那波程度であれば、多くとも二十挺ほどであろうと思っていたが、相当な数である。百挺近くはあるのではと思えた。

鉄砲の伝来は、一五四三年にポルトガルからと教科書で教えられているが、日本で最初に鉄砲が使われたのは、文書上では一五四二年の尼子と大内との合戦である。『雲陽軍実記』において、尼子晴久の軍が使用したという記録がある。その後この最新兵器は、瞬く間に日本全土へ広がった。

北条氏康がまだ十二歳の時、小田原城での当時まだ珍しい鉄砲の試射があり、その音に驚き切腹しようとした逸話は良く知られている。北条家でも、早くから鉄砲を取り入れていたことは容易に想像ができる。

上杉謙信と武田信玄は、川中島で五回にわたり対陣している。越後勢の那波攻めの翌年にあたる永禄四年（一五六一年）の四回目の戦いが最も激しかったと言われており、その『川中島合戦図屏風』には、武田軍が火縄銃を装備している様子が描かれている。

越後勢との戦いのため、宗俊は火縄銃三十挺をなんとか自前で揃えていた。

宗俊の知行で、尚且つ東国で当時三十挺を揃えるのは、並々ならぬ苦労があった筈である。家臣と領民の血のでるような努力により、ようやく揃えることができたのである。

そして那波城には、北条氏康から火縄銃八十挺と腕利きの鉄砲足軽が送られ、十分な火縄銃を備えることができていた。

那波勢の鉄砲は、勢いづいた越後勢の足を止めるのには十分効果があった。越後勢は、小田原まで攻め上がることを考えている。へたに小勢の那波との戦で被害を出せば士気にかかわる。ここは慎重にならざるを得ない。

初戦の那波攻めでつまずきでもしたら、隙あらばと、北条勢が那波領に有利に展開し、場合によっては越後勢に寝返った上州の諸将も、再度北条方に寝返る可能性がでてくる。

越後勢が那波の鉄砲に手こずっている間、夜陰にまぎれ宗俊の軍勢七百が、ようやく赤石城に入ってきた。赤石城の士気はいやがおうにも上がる。

「父上、良かったですなぁ、この宗安に赤石城を任せておいて」

宗俊は、宗安がこの程度の働きで一人前の働きをしたと鼻高々なのだと思い、一瞬むっとした。

「寄せ手の本庄繁長は十七歳というではないですか、宗安、那波城にいたら危うく越後勢に笑われる所でしたわ」

と、宗安は笑いながら言った。

(確かにそうだ)と、宗俊も口もとに笑みがこぼれた。

そして宗安の初陣であるため、赤石城の士気も予想以上に高くみえる。宗俊は宗安を赤石城に入れて良かったと思った。

また宗俊は、宗安が初陣のため、もっと緊張をしているのかと思っていたが、以外にも宗安は冷静であり、また余裕さえ見えることにも安心した。

「宗安、見ごとな初陣だ」

と、宗俊は宗安の肩を軽くたたいた。

宗俊のその言葉に、そばにいた又右衛門や家臣らも笑みがこぼれる。

「父上、まだまだこれからでござる。越後勢はどんどん増えてきますぞ。残念ながら箕輪勢の旗指物はまだ見えませぬが」

宗安は、はるか城の北方を見ながら宗俊に言った。そして、

「父上、北条勢はいかがです」

と、宗俊に北条勢の動きを聞いた。

「北条勢は、おそらくは利根川を越えないであろう。越後勢の大軍を見ておじけついたようだ。無理もない、いまや厩橋の越後勢は五万を超えている。まだまだ越後勢は増えるであろう。我々は機を見て那波城に引くしかあるまい」

宗俊は、さてどうやって那波城まで撤退するかの思案をしている。

「簡単には、城を捨てたくはありませんがやむをえないですな」

と、そんな宗俊をみて宗安が言った。

宗俊には、宗安のこの言葉が意外だった。初陣の宗安がいきり立って撤退を拒み、もうひと合戦と言い張るのではないかと思っていたのだ。

「宗安、撤退は攻めるよりはるかに難しい、勇気もいる、心してかかれ。茂呂城からの援軍が繰り出してきても簡単にはいくまい」

「広瀬川の水が引いたら城に火をかけ、夜陰にまぎれ、一目散に逃げるしかありませんな。殿《しんがり》を茂呂城として」

宗安のこの考えに宗俊は同意した。地の利がある那波勢であれば、深夜の撤退もそう難しくはない。宗俊は、おそらく越後勢の攻め気のなさから、那波での被害を出したくないのだろうと思っている。しかし、撤退戦でへたに隙を見せたら終わりだ。かさにかかって追い立てられ、那波城までが一息に飲み込まれる可能性がある。

河越での戦、太田の由良氏との戦から、宗俊は撤退戦の難しさを嫌というほど経験している。宗俊の表情は険しい。

「宗安、ここは腕と肝の見せどころだぞ」

と、宗俊が宗安に言うと、宗安は宗俊に意外にも頼りにされているのかと気分が良い。思わず笑みをこぼした。

「しかし父上、何とか広瀬川は渡れても、おそらく那波領から利根川が簡単には渡れません。野戦で越後勢の大軍に包囲されたら、手勢の少ない那波は全滅の可能性もあります」

利根川は広瀬川と比べはるかに川幅が広く、そして水量が多い。軍勢が渡れるほどに利根川の水が引けるのは、広瀬川の水が引けてからおそらく三、四日はかかる。そのことを宗安は指摘したのである。

北条勢も利根川の水が引けないうちは那波の救援に援軍を送れない。ここは宗安の言うように、へたに赤石城から撤退したら野戦になるか、那波城で越後勢の重囲に陥ることにもなりかねない。

「夜陰にまぎれて、由良領に逃げるという手もある」

宗俊が、そう口にすると、上州の諸将の動向を見ている力丸日向からの伝令が由良勢の動向について口を挟む。

「殿、由良の動きは安心できませぬぞ。那波に越後勢から降伏勧告がきている今、間違いなく由良にも越後勢からの降伏勧告が行っておるはずでございます。由良はいつ寝返るかわかりませぬ」

由良勢が越後勢に寝返れば、由良領に逃げた那波勢は間違いなく壊滅する。

最終的に宗俊は、利根川の水がある程度引くまで赤石城にて踏ん張り、その後、機をみて夜陰にまぎれ那波城に引くことを決断する。そして茂呂城、北条勢との連携のため使者を送ることにした。

その後の三日間、越後勢は赤石城を包囲しようと城の東側からの攻撃を繰り返しているが、那波勢は越後勢に完全に包囲されないように鉄砲と茂呂城との連携で何とか赤石城南の撤退路を確保している。

長尾景虎も、できれば利根川の水が引くまでに那波を降伏させたいと考えているが、北条の大軍が利根川の南に陣を張っているため、迂闊に厩橋から本隊を動かすことができない。

利根川の南に陣を張る藤田重利ら北条勢は、必死に那波への救援を考えている。ここで那波を見捨てたら、武州の諸豪族までもが雪崩をうって越後勢へと寝返るためである。

北条方は、厩橋で越後勢の本隊が動かないうちに、なんとしても那波を救出したい。しかしながら利根川の水位が高い今、那波への援軍を送りたくても送れない状況である。

そして、ついに北条からの強い圧力に耐えかね、太田の由良成繁が那波への援軍として動くことになる。

由良成繁は粕川の東岸に展開し、赤石城を包囲する越後勢を牽制する旨の強い脅しともとれる要請を北条から受け、その重い腰をしぶしぶと上げたのである。

由良勢が出兵すれば、赤石城を囲む越後勢は簡単には動けない。由良勢が越後勢を牽制しているその隙に、那波勢が赤石城を捨て那波城に撤退する手筈である。

那波勢を救出した後は北条勢が那波城から北に繰り出し、由良勢と共に赤石城を包囲していた越後勢と睨み合いを続けることになる。

多くの上州の諸豪族が越後勢に寝返った今、何としても利根川北の那波領にて、越後勢を阻みたいと北条方は考えている。越後勢が完全に上州を掌握した後の武州での戦いとなれば、越後勢の数が増々ふくれあがり、もはや手がつけられない状況になる。

北条方からの使者により、由良勢の来援を知らされた宗俊は、まずは宗俊が先に赤石城から脱出し茂呂城に入り、その後宗安が赤石城に火をかけ夜陰にまぎれて一気に那波城に入る手筈を整えた。越後勢が追撃をしてくれば、宗俊が殿《しんがり》として茂呂城で防ぐ。その後は、利根川の水が引き北条からの援軍を待つだけである。


翌日、由良勢来援の知らせが赤石城に入る。

宗俊は、城を出る準備を終わらせると宗安を呼んだ。

「父上、父上がいなければ間違いなく那波は滅びますぞ。この宗安では北条の相手はまだまだ務まりません。越後勢の追撃は何としても食いとめます。ご安心して茂呂城にお入りください」

場合によっては、これが父子の最後の別れになる可能性がある。宗安にしてはめずらしく神妙な面持ちである。

「宗安、わしの心配をするほどの余裕があるのか、嬉しいぞ」

と、宗俊は周囲の者に聞こえるように笑い、そして続けた。

「宗安、城の脱出にはくれぐれも用心しろ。たとえ一人になっても、這ってでも那波まで落ちろ。お前がいないと今後の越後勢との戦がつまらん」

宗俊にしては、めずらしく宗安を持ち上げた。宗安の緊張をやわらげようとし、また周囲の家臣らの士気を高めようとしたのである。

「父上、残念ながら又右衛門と仲次郎が小姑のように宗安を一人にしてくれません、ご安心ください」

宗安はめずらしく宗俊に持ち上げられたのが嬉しいのか、笑顔で言葉を返した。

そばにいた家臣らは、又右衛門と仲次郎に一斉に目をやり、その視線を感じた又右衛門と仲次郎は、それまで緊張した面持ちであったが、お互いの顔を見合わせ緊張が解けた。


馬上、由良成繁は悩んでいた。すでに上州の諸将のほとんどが越後勢に寝返っている。まだ寝返っていないのは、那波と由良を除けば小泉の富岡氏と館林の赤井氏くらいのものである。

確かに北条方の策にも一理ある。那波で越後勢を食い止めないと、由良領もひとのみに飲みこまれる。しかし北条方の圧力で兵を出してみたのはよいが、越後勢の大軍勢を敵に回し、北条勢がまともに戦えないのではとの不安もある。

幸い、越後勢からの「味方につけ」との、しつこいほどの誘いが毎日のようにきている。かといって、へたに越後勢に寝返れば、北条方が有利となれば、今度は北条方に真っ先に攻められるのは由良である。

那波勢が抵抗しているうちに何か良い策を考えなければ、今日の那波は明日の由良である。このことを由良成繁はよくわかっている。

成繁は、現在の境町の淵名あたりを過ぎても、まだ悩んでいた。

突然、物見に出していた者から、厩橋の景虎の本隊が動いたとの知らせが成繁のもとへ入った。由良が那波への援軍として動いたため、ついに景虎は腹をくったのである。越後勢の本隊を繰り出し、利根川の水位が高いうちに一気に赤石城を攻め落とすつもりである。

由良勢が赤石城の東の粕川に近づいていた時、台風明けの紺碧の空の下、何やら黒いものが赤城山の山麓で動いていることに気がついた。それを成繁が越後勢の大軍勢とわかるまで、たいして時間はかからなかった。

成繁がこれほどの大軍を目にするのは、あの河越の合戦以来である。これにより今までの成繁の迷いは一気にふっとんだ。成繁はすぐに越後勢への寝返りを決め、使者を景虎のもとへ走らせる。

景虎は大軍を繰り出し、利根川の南の北条勢が動けないうちに、一気に赤石城と由良勢を葬るつもりで大軍勢を動かしたのである。

北条の要請により、のこのこと金山城を出てしまった由良勢の生き残る道は、今となっては越後勢への寝返りしかない。

越後勢の本隊と共に南下している業正のもとに、安田景元が急いで馬を走らせてきた。赤石城攻めにてこずっている今が、那波を助ける最後の機会であるからである。

業正と景元は、共に急ぎ景虎の所へ向かい、由良勢が景虎の本隊の動きを知らずにのこのこと出てきた以上、すぐにでも由良は越後勢に寝返るであろう、そして由良成繁が寝返えれば退路の危うくなった北条勢は利根川の南の陣から引かざるをえない、従って那波を見捨てることになる。孤立無援の那波は越後勢に降りる理由ができ、無傷で越後勢は上州を手に入れられるであろう、と景虎を説得した。

今、ひとえに宗俊が赤石城で越後勢に頑強に抵抗しているのは、北条勢が那波救援のため、約束通りに利根川の南に進出してきているからである。

景虎は、最後まで越後勢に寝返えらない那波宗俊に見どころがあると感じていた。また赤石城をへたに攻め、被害をこれ以上だしたくない。景虎は、那波の扱いを景元と業正に任せてくれた。すでにこの時、由良成繁からの寝返りの使者が景虎のもとにきており、由良勢の寝返りは決定的になっていた。景虎には余裕がでてきていたのである。

景虎は、このままうまくいけば、これ以上の損害を出さず、利根川以北の那波と由良を越後勢に吸収することができ、北条方は、なすすべきもなく鉢形城まで引かざるを得ないだろうと見ている。

那波への最後の降伏勧告を人づてに聞いた憲政は、景虎に詰め寄り、何が何でも宗俊の首を取り越後勢の士気をあげろとうるさい。しかしながら景虎は、まったく取り合うつもりはなかった。景虎は、越後勢の被害をいかに最小限に抑え、初めての上州の地で新年を迎えることの重要さを十分理解していたのだ。

由良成繁が寝返りを決め、越後勢に使者を送ったその頃、まだそのことを何も知らない赤石城では、不幸なことに城を脱出するために由良勢の来援を待っていた。

由良勢の先陣が粕川の東に見えてきた時、宗俊は城の南の乾曲輪から脱出を開始した。しかし由良勢が突然粕川を渡り、宗俊の部隊の前をさえぎろうと突出し、なお且つ、それを見た越後勢も北から一気に宗俊らを追撃するそぶりを見せた。

こうして、赤石城での戦いが始まってしまった。業正と景元は、那波への最後の降伏勧告の機会を逸した。

赤石城の櫓の上から、由良勢と越後勢の動きを見ていた宗安は、

「由良勢の寝返りだ」

と大声を上げ、あわてて櫓を駆け下りる。

乾曲輪から脱出した宗俊の部隊は、味方と思っていた由良勢に虚をつかれ大混乱に陥る。

赤石城の宗安は、北から宗俊の部隊を追撃しようとする越後勢を鉄砲で何とか食い止め、又右衛門、仲次郎など兵三百を宗俊の救援に向かわせた。

又右衛門と仲次郎は、宗俊から宗安のことを最後まで守れと言われていたが、

「今父上が死ねば、那波は終わりだ」

と、宗安に強く言われ、宗俊の救出に一目散に向かう。

しかし、既に宗俊の部隊は、圧倒的な数の敵の重囲に陥っていた。

宗俊と友右衛門の馬上の姿が時おり敵兵の間から見えるが、宗俊を守る那波勢の人数が徐々に減っているのは明らかである。そこへ、又右衛門、仲次郎など赤石城からの救援部隊が必死に切り込みを

かける。

又右衛門が仲次郎に早く宗俊のもとへ行けと言うが、由良勢に越後勢も加わりはじめ、すさまじい乱戦となり簡単に身動きが取れない。

仲次郎がようやく宗俊の所へたどり着いた時には、宗俊の周りは友右衛門とわずかな馬廻りの者だけであった。そこへ由良勢がしゃにむに切り込んでくる。仲次郎があっというまに敵の三人の騎馬武者を槍でつき落とした。

「友右衛門殿、由良の寝返りでござる。ここは殿を連れ、早く赤石城にお戻りくだされ」

仲次郎は、敵兵数人と睨み合いながら友右衛門に声を掛けた。

「おお仲次郎か、助かる」

友右衛門は仲次郎に殿《しんがり》を頼み、すばやく宗俊のそばに馬を寄せる。

殿《しんがり》としての仲次郎の働きは見事であった。追いすがる敵兵を次々に得意の槍でつき伏せる。仲次郎の活躍により敵兵がひるみ、その隙に宗俊と友右衛門は、ようやく赤石城の乾曲輪に近づくことができた。城門はもう目の前である。

が、そこへ新手の由良勢が現れ、火縄銃が一斉に火を噴いた。その一発が不幸ながら宗俊の腰のあたりに命中してしまう。

宗俊は、かろうじて馬につかまり落馬は防いだが、うずくまったままである。

友右衛門があわてて宗俊に近づき、続いて仲次郎が宗俊のもとへ駆け寄る。

「友右衛門殿、早く殿を城へ」

仲次郎は、とっさに宗俊の馬の尻を槍でつき、友右衛門共々宗俊の馬を城に走らせる。そして、自身は追いすがる越後勢に再び向かっていった。

仲次郎は、宗俊の鎧の下から溢れ出る血を目にし、宗俊がおそらく助からないことを察した。そして、今日ここで一緒に死ぬのが自分の勤めと覚悟を決める。

仲次郎は、由良勢、越後勢にその得意の槍を振りかざし単騎で敵に向かっていく。何人を槍でつき伏せただろうか、仲次郎はその疲れから次第に敵の重囲に陥る。しかしながら乾曲輪への城門には、敵兵を誰も近づけさせない。

又右衛門は、何とか仲次郎の所へ行こうとするが、乱戦の中ではなかなか近づくことができない。

又右衛門は、仲次郎が馬上で槍を振りかざし、多勢の敵の中に二度、三度と繰り返し突っ込んでいく姿を見た。

そして再び火縄銃の音が轟いた。そして又右衛門は、撃たれた仲次郎が何人かの敵の槍に突き上げられ……そして落馬したのを目にした。

あっという間に多くの敵兵が仲次郎の上にのしかかり人だかりができ、やがてその中の一人が右手を高く上げるのが見えた。又右衛門がそれを仲次郎の首とわかるまで、いくらも時間がかからなかった。

その時又右衛門の時間が止まり、戦場にもかかわらず静寂さが訪れた。敵兵は右手に仲次郎の首を持ち、馬上越後勢の陣に向かっていく。静寂の中、又右衛門はその後ろ姿をじっと見ていた。

そして幼少時代の仲次郎が、又右衛門の目の前をコマ送りのように過ぎ去っていく。

仲次郎は、常に合戦の前には兄の又右衛門に「たとえ自分がどんな死に方をしても、仲次郎は自分を惨めとは思いません。精いっぱい働いて死んだのだから満足しております。決して、仲次郎を哀れと思い悲しむことの無いようにお願いいたします。それが例え、寝ている所を敵の雑兵に寝首をかかれても、それが戦場から帰る途中、馬から落ちて肥溜めに落ちて死んでも」というのが仲次郎の口癖であった。

この日の赤石城外の戦いは、茂呂城の元信の救援部隊が由良勢と越後勢の側面を突いたことにより、ようやく収拾した。那波勢にとっては長い一日であった。

又右衛門は赤石城の城門に入る前、後ろを振り返り、

「仲次郎、本日一番の見事な働きぶりであった。見事だ、見事だぞ」

と、仲次郎に言葉をかけ、門をくぐった。

城内に戻った宗俊は、すぐに本丸へ運び込まれた。そこへは既に宗安のほか主だった者が集まっている。

「宗安……一発もらってしまったようだ」

宗俊が苦しいのを堪え、なんとか言葉を絞りだした。

「父上、しっかりしてくだされ。傷はたいしたことありませんぞ」

宗安はそう言ったが、宗俊の鎧の下の血は止まりそうもない。そして宗俊の顔から次第に血の気が

引いているのがわかった。

「殿、誠に申し訳なく……」

友右衛門は涙を浮かべ、絞り出すような声であった。

「友右衛門、まだ戦の最中だ。父上にはひと休みしてもらうから、次は俺を守ってもらわんと困る」

と、宗安が言った。

宗安は、宗俊が死ねば友右衛門が腹を切るのではないと思っている。

宗俊が苦しい表情の中、口を開く。

「友右衛門、これが寿命というものだ。わしには良い跡取りがいる。お前に守ってもらわんと困る。頼んだぞ」

宗俊は泣いている友右衛門に声を掛け、

「宗安、もし長野様に会うことができたら、ひと足先にあの世とやらで待っていると伝えてくれ」

「父上には、まだ長野のじいの相手をしてもらわないと困ります」

宗安は父の死を目前にしていても動揺をしているように見えない。宗俊は、その宗安が頼もしく思えた。

その後、次第に出血のため宗俊の顔から血の気が失せていき、宗俊は天井をしばし見上げている。

「どうやら、仲次郎が先に行っているようだな」

と、最後のひと言を残し、宗俊は静かに目を閉じた。

那波にとって長い一日であった。ようやくその長い一日が終わった。

翌日、何やら赤石城の様子がおかしいことに越後勢が気づく。そして昼頃には忍びの者からの報告が入る。どうやら宗俊が死んだという情報である。

景元が業正のもとに、宗俊の死を知らせにやって来た。

景元、業正とも、宗俊を助けられなかったことが残念でならない。そして二人とも、これが戦の潮時であると考え、景虎のもとへ足を運ぶ。

景虎は何の異もとなえず、那波への降伏勧告に同意した。これ以上の那波への攻撃は、主君を失った家臣らの死にもの狂いの反撃が予想され、越後勢の被害がさらに大きくなることを避けたかったこともあるが、生きているうちに、一度宗俊に会ってみたかったという残念感が景虎にあった。

那波への降伏勧告を耳にした憲政は激しく反対し、最後はだまし討ちをしろとまで言い出す始末であった。

あまりの憲政のしつこさに、ついに景虎が「この長尾景虎を信玄ふぜいと一緒にされては困る」と怒りをあらわにしたので、憲政もようやく顔をひっこめた。

武田信玄は諏訪攻めのおり、まずは諏訪家の惣領になりたい高遠頼継らを裏切らせ諏訪郡への侵攻を行い、諏訪頼重を降伏させた。その後、弟の頼高と共に頼重を甲府に呼び出し二人を自刃させ、諏訪惣領家を滅亡させた。那波攻めの約十年前の天文十一年（一五四二年）のことである。

生涯、義のない戦はしたことがないと言われる景虎にしてみれば、信玄の様な卑怯なだまし討ちは最も恥ずべきことなのである。


その日の夕刻、景元と業正は、秀綱を那波への降伏勧告の使者として送った。

秀綱は、仲次郎が昨日討たれたことを知り、昨夜は一晩中、月を見ながら心の中の仲次郎と酒を酌み交わし、ついには朝方まで酒を飲んでいたが、「是非、拙者にその御役目を」と、一気に酔いを醒まし、身を清め、景虎の書状を携え供二人を連れ赤石城へ向かった。

赤石城の城門では、越後勢からの使者を受け入れるため、那波城から駆けつけた力丸日向と又右衛門とが秀綱を出迎えた。

「秀綱殿、お久しぶりでございます」

力丸日向が秀綱とその従者を迎えると、秀綱は馬から降り、

「力丸殿、もう戦は終わりでござる」

いつもの秀綱らしくなく神妙な面持ちである。

秀綱にしてみれば、仲次郎が討死した今、すぐにでも又右衛門と抱き合って泣きたい気持である。

本丸の奥に通された秀綱は、景虎からの降伏の条件を宗安と重臣らに告げた。

「景虎様は、城を渡せば家臣の皆々の命は助けると言っておられる。これに偽りはなく、安田様、長野様からの書状もこの様に持ってまいった」

秀綱は、景虎、景元、業正の三人からの書状をそれぞれ差し出した。

「但し、誠に申し訳ないが、宗安殿と次郎殿のお二人は、景虎様の元へお送りせねばならない。もちろん、長野様と安田様がおるからには、お二人のお命を頂戴することなどは絶対にありえん。拙者も命に賭けて保障いたす。ご安心くだされ」

と告げた。

これには力丸日向を含め、一同の者が動揺した。それを察した秀綱はさらに続け、

「もし、お二人が北条方に走ることになれば、家臣らも続き、さらに那波との戦が続く。景虎様は、それだけは避けたいとのお考えでござる。どうかご理解くだされ」

と付け加えた。

その後、秀綱が戦後の那波領や家臣らの取り扱いなどについての説明をしたが、降伏する側の那波からは特に異論がある筈がなかった。

一通りの説明が終わった後、力丸日向が明朝までに返事をすることを秀綱に約束をした。

「つらいかも知れませぬが、ここを耐えればいつかはお家も再興できる。業正様や景元様も力になるとのこと、書状にも書いております」

と、秀綱は集まった那波一同に聞こえるように、大きな声で言った。

「長尾景虎様は、このたび憲政様から関東管領を譲り受け、小田原の北条を討つと言っておられる。宗安殿が憲政様に従うことはもはやござらん、景虎様に従うことになります」

と、秀綱は続けた。那波方の戦後の不安を取り除くためである。そして最後に、

「業正様からの言づてであるが、宗安殿の初陣、誠にお見事であったとのことである」

と、付け加えた。

赤石城から帰る際、城門まで歩きながら秀綱は見送りの又右衛門に話し掛けた。

「伸次郎殿の働き、まことにあっぱれじゃ。我が弟子の名に恥じぬ。長野様も自分の家来のことの様に、その活躍を自慢しておったわ。箕輪衆の中でも、ぜひ伸次郎と手合わせをと、慌てて槍を持って走っていく奴もおったわ」

と、秀綱は大きく笑いながら又右衛門に話した。そして秀綱は赤石城を去っていった。しかしながら、笑っているはずのその目は上を向き、明らかに涙を堪えていた。

その後ろ姿は、決して勝ち誇った勝者のものではなかった。

秀綱が去った後、赤石城では力丸日向を中心に話し合いが行われていた。

「わしは、景虎の所へなんぞは絶対に行かん」

と言って、宗安は降伏条件を受け入れるつもりはないと言い張る。

力丸日向も、宗安と弟の次郎の二人を景虎に差し出すのはまずいと考えている。越後勢にはまだ憲政もいる。業正と景元がついているのでまさかと思うが、最悪二人に何かがあれば那波家は滅ぶ。

「宗安様には、城を落ちてもらうのがよかろう」

さんざん思案した後、力丸日向は決断した。

「越後勢には、乱戦で行方がわからなくなったと、しらを切れば良いと思う。もし、越後勢がそれを咎めたら、わしが腹を切る。それで全て収まる」

力丸日向は、宗安に友右衛門、友一郎のほか八名を付け、明朝に城から出ることを命じた。宗安もそれに異存はない。


台風が去った後には晴天が何日も続く。翌日の朝も雲ひとつない秋晴れであった。

陽が昇りかける前、東の空が明るくなってきた所を宗安らは城を出た。そして何を考えたか宗安は、北の越後勢の陣の方向へ馬を向けた。

「友一郎、戦はどうじゃ、お前はまだ敵とは切り合いをしておらぬだろう。俺は、もう少し楽しみたい」

宗安は後ろにいる友一郎にそう言い、友右衛門の止めるのも聞かず、越後勢の陣に向かい馬を走らせる。

それを見た越後勢は、降伏するのが嫌な頑固者がのこのこ城から出てきおったかと、手柄をあげる最後の機会とばかりに十騎程繰り出してきた。しかし宗安に槍で簡単にもて遊ばれる。

次に宗安は東の由良勢の陣へ向かい、繰り出してきた敵兵を槍で二、三騎突き落とし、そして悠然と西に向かって去っていった。

このことを後で聞いた業正は、おそらくそれは宗安だろうと言い、笑いながら西の方へ目をやった。

那波での戦は、こうして幕を閉じた。

永禄三年十月の北条氏康の書状から、越後勢の那波攻めは十月上旬に攻撃が開始され、終わったのは十二月十二日とある。およそ二か月のあいだ、越後勢を相手に那波は良く戦ったといえる。

那波は降伏、全ての城を越後勢に明け渡し、つらく厳しい占領下の暮らしが始まる。

赤石城、茂呂城を含む広瀬川の東岸は、寝返った由良成繁に与えられた。そして、那波城には越後勢の北条《きたじょう》高広が入る。

北条高広は、安田景元と同様に越後の大江一族である。安田景元と業正が景虎にとりなしてくれたおかげである。那波の家来衆の一部は北条高広に再仕官をした者もあり、遠く親戚を頼りに那波を離れた者もいる。また侍を辞め帰農した者などさまざまである。

北条高広に再仕官をし、運よく那波に留まれた者も、多くは禄高を大きく減らされている。

又右衛門は北条高広のもと、旧那波家臣団を山王堂修理と共にまとめ、今後は那波家再興の機会を目指すことになる。

上杉への人質となった弟の次郎に伴い、力丸日向以下十名は、厩橋で暫らく軟禁状態が続いた。しかしながら安田景元と長野業正のとりなしにより、その立場は必ずしも悪くはなかった。

越後勢の大軍を相手に二か月も戦ったことで、越後勢の中にはむしろ好感を持つ者も少なくなかった。また越後勢に寝返った旧北条方の豪族は、那波家に対しての後ろめたさがある。

長尾景虎の大館陸奥守への書状がある。那波攻略のみについて述べられている書状である。その書状には、那波氏が有力な北条側の豪族であり、その那波攻略の政治的な意義は大きかったということが記してある。

那波を攻略した長尾景虎は、その年の年末を上州で過ごし、その後小泉の富岡氏を攻略し、館林の赤井氏を滅亡させている。

最終的に、多くの関東の諸豪族が景虎の軍勢に加わり、越後勢の数は十一万三千まで膨れあがったと『関八州古戦録』にある。

そして景虎は、当初の目的の通りに小田原への攻撃の命令を発した。北条方では相次ぐ越後勢への寝返りのため味方が減り、氏康は小田原城での籠城を決意する。

謙信は小田原方の城を次々に下し、三月には小田原城の総攻撃に入る。しかしながら、守りの堅い小田原城は簡単には落ちず、景虎はおよそ一か月に渡る小田原城の包囲をついには諦める。その後は鎌倉に向かい、鶴岡八幡宮にて関東管領の就任式を行う。

永禄四年三月二十六日、長尾景虎改め上杉謙信三十二歳の時である（景虎は上杉憲政から上杉の姓と政の一字を送られ上杉政虎と名乗ったが、本書では以後上杉謙信とする）。

さて宗安だが、宗安は西へ向かって馬を走らせている。

「若殿、どこへ行かれます」

友又右衛門が宗安に聞く。

「友右衛門、残念だがもう父上はいない。若殿はやめじゃ」

と言い、続ける。

「どこへと言われても、越後勢に降参したからには北条へは行けまい。西だ」

「西と言いますと……」

「取りあえずは、京とやらにでも行くか」

宗安はみんなに聞こえるように大きな声で言った。

「それは楽しみですな、我々のご先祖が木曽義仲公と共に上洛した時以来ですな。那波へ帰った時には、良い土産話になりますな。なあ友一郎」

友右衛門は、後ろに続く友一郎へ話をふった。

「私は、若殿を守るのが役目ですから、どこへでもついていきます」

「若殿じゃなくて殿だ、友一郎」

宗安はさらに馬を急がせた。

一同が西に向かって馬を走らせているその上を朝日が昇り、浅間山がみるみるうちに明るく浮かび上がってきた。

八　那波宗安信州へ

宗安らの一行九名は、赤石城を出て西に馬を走らせた。そして利根川、烏川と渡り、今の藤岡市を通り抜け鬼石《おにし》へ入る。

この辺りは、常に北条や武田の侵攻にあっている。甲相同盟が成立している今、上杉管領家への忠義は薄い。そして鬼石から先は小豪族しかおらず、また付近の小豪族達のほとんどが越後勢に合流しているため警備も緩く、比較的楽に馬を進めることができた。

宗安らは、鬼石から現在の上野村を通り、山中で二泊し、ようやく十石峠を越えた。そこは、甲斐の武田家の勢力下である。

峠を越えて暫らくすると、武田方の国境警備の櫓らしいものが目に入った。友右衛門が密かに近づいてみると、およそ二十人の侍が詰めているようだ。

「殿、武田の警備の者がおそらく二十名ほどおります。ここは、峠道をまいて山中に迂回をいたしましょう」

物見から戻ってきた友右衛門は、やや緊張気味に宗安に報告した。

「おそらく那波が景虎に降伏したことは知っておるでしょう。武田も簡単には通してくれますまい。いかがいたしましょう」

と、宗安の供の中では一番の使い手である境野次郎左衛門は、すでに自分が切り込んだ隙に宗安らを通すつもりでいるらしく、刀の目釘に唾をかけ、たすき掛けをしながら宗安の考えを聞いた。

そんな部下達を見ながら宗安は、笑いを浮かべ馬にまたがり、ゆっくりと馬の歩を進める。

「殿、お待ちを、危のうございます」

皆で宗安を止めようとしたが、宗安の馬はさらに早や足で歩を進めていく。

あわてて友右衛門らも宗安を追いかけたが、既に一行は武田方に見つかってしまったらしく、警備の侍らがこちらを見ながら何やら騒がしく動き始めた。

宗安は全く動じず、ついに物見櫓の前の柵まで馬を進めると、

「那波宗安でござる」

と大きな声で名乗った。友右衛門らは、おそらく切り合いになると覚悟を決めた。

すると櫓の脇の小屋の中から、

「だいぶゆっくりだったな、宗安」

と返事をしながら、それなりの身なりの侍が出てきた。

「源太殿、変わっておりませぬな」

と、宗安は馬を降り、その侍に近づき手を握った。

真田幸隆の嫡男真田信綱である。

宗安は幼い時からの幼名で、信綱を源太殿と呼んだのである。

何も知らない友右衛門らは面くらい、まだ刀の柄に手を掛けたままである。

それを見て信綱が、

「宗安、供の者には何も言ってなかったのか」

と、宗安に聞いた。

「はい、せっかくの機会ですので、よい訓練になるかと」

と、信綱に言い、

「友右衛門、早く馬から降りんか」

と、一同に声を掛けた。

一同はあわてて我に返り、急ぎ馬を降り、信綱の前で片膝をつき深々と頭を下げた。

真田信綱は天文六年生まれ、宗安より六歳年長のこの時二十三歳である。

上泉伊勢守秀綱が那波降伏勧告のおり那波城に来た際、その帰りがけに長野業正からの言付けとして、宗安に那波城を落ちるなら甲斐の武田信玄の所へ行ってみろと伝えていたのだ。

「どうだ、面白そうだろう。長野様が既に真田幸隆様に使いの者を出しておる」

秀綱は、そのことを宗安に伝えていた。

「いずれは景虎との戦をしなければなりません、ここは信玄の戦ぶりを良く見ておくのも面白いでしょう」

と、宗安は甲斐に行く決心をしていたのである。


甲相同盟で、北条と武田の同盟関係が成立している状況下において、北条方からはもとより、この時期には甲斐の武田信玄からも長野業正への懐柔工作の動きが頻繁にあった。業正も、以前箕輪城で世話をした真田幸隆と何度も書状のやり取りをしていた。

おそらく宗安に甲斐の武田を見させることは宗安にとって良い機会であり、また長野家にとっても損はないだろうと考えていたのであろう。

真田幸隆にしてみれば、いずれ起こりうる武田の上州侵攻の際、那波家の嫡男宗安を抱え込んでいることは、プラスにこそなれマイナスにはならないとの判断である。

幸隆の長男の信綱と次男の昌輝は、幸隆の箕輪での三年間の逗留の間、箕輪城にて産湯を使っている。それほど業正と真田幸隆の関係は深い。

この時期の真田幸隆は、信州から真田家を追い出した甲斐の武田家へ仕官をしており、信玄に高く取り立てられていた。そして信州先方衆として、信濃の国の小県郡および佐久一帯を任されていた。

宗安らの一行は、何の障害もなく真田領を千曲川に沿って歩を進め、二日後には真田館に入ることができた。

真田館は、真田氏が上田城を築城する前の居館であり、周囲に土塁を廻らし、東西百五十メートル四方の敷地で南側に大手があり、現在も枡形が残っている。今でも当時の面影をしのぶことができる。

真田家は、平安末期頃から信州の佐久・小県地方に大きな勢力を持っていた豪族滋野《しげの》氏から興った一族である。禰津《ねず》・海野《うんの》・望月からなる滋野三家のうち、真田氏は海野氏より分かれたと言われている。海野信濃守棟綱の子幸隆が真田郷に住み、真田姓を名乗る。

天文十年（一五四一年）、甲斐の武田信虎、奥信濃の村上義清、諏訪の諏訪頼重は、共に図って三方より滋野一族を攻めた。滋野一族は頑強に抵抗し、関東管領上杉憲政に援軍を要請したが、その救援が一か月以上も遅れ、ついに禰津・望月は降伏し、幸隆の父棟綱は信濃の地を追われ、幸隆と共に上州に落ちた。

その後幸隆らは、まず幸隆の妻の実家である上州吾妻地方の豪族羽尾《はねお》氏を頼り、その後上杉憲政の平井に移った。そして長野業正の箕輪にも頻繁に足を運ぶようになる。

幸隆の父棟綱は、関東管領上杉家を頼り真田家の旧領回復をと考え、しきりに憲政に懇願をしていたが、幸隆は関東管領の権威の衰退を早くに察知し、上杉憲政よりむしろ長野業正との親交を深める。

天文十年（一五四一年）、真田家を信濃から追い払った武田信虎が、息子の晴信（信玄）に甲斐を追われたことを幸隆は知る。そして、その晴信が、信虎に負けず劣らず野心家で領土を広げつつあることを聞くに及んだ。さらにいろいろと晴信についての情報を集めてみると、晴信の将来性に幸隆は大きな魅力を感じた。また晴信は、真田家を佐久から追い落とした信虎を追放しており、そのことも悪い気がしなかった。幸隆は、ついに父棟綱と袂を分かち武田家へ仕官をすることになるのである。


武田家へ仕官した幸隆の出世は早い。武田信玄は上州の諸事情に明るい幸隆を重宝した。

しかしながら西上州は長野業正がいるため、まだまだ手が出せない。信玄は幸隆に、まずは海野平の平定をさせ、その後は信玄に何度も苦い汁を吸わせた強敵北信濃の村上勢の切り崩しを命じた。幸隆は、その信玄の期待に十分に応え、謀略をもって村上義清の砥石《といし》城を落とす。そして信玄の長年に渡る宿敵村上義清は、長尾景虎を頼り越後に落ちることになる。

この功績により真田幸隆は、信玄に高く取り立てられ、信州先方衆として信濃の小県郡および佐久地方一帯を任されることになるのである。

真田館に入った宗安ら一行は、久しぶりにゆっくりとした時間を過ごした。そして、三日後に甲府から戻った真田幸隆と会うことになる。

まだ雪は積もってはいないが、信州の十二月は寒い。しかし、そんな寒さも感じることもなく宗安に従う友右衛門らは、緊張の面持ちで幸隆が現れるのを広間で待っていた。

宗安らを出迎えてくれた幸隆の長男信綱と、次男の昌輝も同席してくれている。

次男の昌輝は宗安と同い年であり、普段は甲府の躑躅ヶ崎館に信玄の小姓として勤めている。しかしながら、宗安が真田に来るというので急ぎ呼び寄せられていた。

昌輝は、後年信玄により「百足衆」に抜擢され、信玄に常に付き従い、「兵部は我が両眼なり」とまで言わしめたという逸話が残っている。

幸隆の三男の昌幸は、まだ十三歳であったが、既に七歳の時から武田信玄の奥近習衆に加わっており、当日は躑躅ヶ崎館にいるため不在であった。


やがて幸隆が広間に入ってきた。

「宗安殿、どうじゃ、ゆっくりできましたかな」

「ははっ」

宗安が深々と頭を下げ、まずは幸隆にお礼を述べた。

「宗俊殿は、残念なことになってしまったな」

「いえ、越後の大軍勢を相手に見事な最期でした。この宗安も、是非見習いたいと思っております」

宗安が父の最後を誇らしく答えると幸隆は、

「わしも、倅らにそう言ってもらう死に方がしたいものじゃな。のう信綱、昌輝」

と、信綱と昌輝の方に眼をやった。

「まあ、しばらくゆっくりしてくだされ。年が明ければ、わしは甲府に行かなければならぬ。その時には、宗安殿にお屋形様に会ってもらうつもりでいる」

幸隆は成長した宗安の面構えを見て、信玄に紹介してもよかろうと判断した。

「いろいろとご面倒をお掛けしますが、宜しくお願いいたします」

宗安は再度深々と頭を下げ、幸隆に礼を述べた。少ない言葉のやりとりだが、幸隆のなみなみならぬ威圧感を感じた。しかし、決して宗安は臆することはなかった。

挨拶を兼ねたひと通りのやりとりが終わると、

「宗安殿の目には、景虎はどんな奴に映ったかな」

と、幸隆が聞いてきた。やはり景虎のことが気になるようである。

「越後勢は、寄せ集めの大軍団の割にはだらだらとせず、統制がよく取れておりました。これは、おそらく景虎の威光が隅々まで届いておるのではと思われます。また長野のじいも、景虎をいたく気に入ったようだと上泉秀綱殿が言っておりました」

「長野のじい？　はっはっはっ」

幸隆は声を出して笑った。

「おそらく、長野様をじいなどと呼べるのは、この世でおぬしだけだぞ」

と続けた。そして、

「そうか、あの長野様も景虎を認めたか」

と、ぽつりと言った。

幸隆は、越後の長尾景虎は本物だな、と確信した。


この時までに武田信玄は、越後勢と川中島での合戦を三度行っている。弘治二年（一五五六年）の第三次川中島合戦では、真田幸隆・小山田備中守らが善光寺平の尼飾城を陥落させているが、幸隆はまだ直接景虎の戦ぶりを見ていない。しかしながら、そうも簡単に業正が景虎を認め、その幕下についたことから、景虎はなかなかの人物であることが容易に想像できた。

那波で正月を越すと思われる越後勢は、今や十万をゆうに超える大軍となっている。業正の存在と共に、今後の越後勢の動きは武田家の将来に大きく影響を与えてくると考えられる。実際、この後の景虎の小田原城攻めでは、北条と同盟を結ぶ武田と今川から小田原に援軍を送ることになる。


宗安ら一行は、真田館の近くの信綱の館に世話になり、ここで信州での初めての正月を迎える。上州の正月とは異なり、信州の正月は雪の中である。

そして年明け早々、宗安は幸隆らと甲斐の躑躅ヶ崎館に向かう。

真田郷を出ると、一行は千曲川に沿って南に馬を向ける。右手には見事な八ヶ岳が見えてくる。長野県といえば雪国のイメージが強いが、真田郷を出てからは毎日晴天が続き、街道には雪もほとんど積もっていない。しかし右手に見える八ヶ岳の山頂付近は、雪で真白である。顔にあたる風も氷のように冷たくなってきた。

道中宗安は、真田郷から躑躅ヶ崎館に向かう街道が、非常に良く整備されていることに気づく。現在でも、甲府から諏訪郡に向かう棒道と呼ばれる信玄の軍用道路は、よく保存がなされている。棒道は、武田信玄が開発した軍用道路であり、大部隊が素早く移動できるように真っ直ぐに延びている。

信玄は、このような軍用道路を甲府から諏訪へ向かうだけでなく、甲府から佐久平にかけても整備をしていた。宗安は、甲斐の武田勢が西上州を攻めた際、この軍用道路がおおいに役にたったことが容易に想像できた。

また街道沿いの村々に目をやると、どの村も活気があるように見える。村の若者達を見ればその民度がわかる。若者らは年寄りの手伝いを良くしている。畑や田んぼもよく手入れがされている。

冬のため千曲川の水量は少ないが、川の堤防も良く整備されているようである。川に沿って良い田んぼが広がっているのが街道から見おろせる。

「友右衛門、どうだ武田家は」

宗安は、後ろを振り返り友右衛門に聞いた。

友右衛門が、周りに武田の家来衆がいるので返事をはばかっていると、

「大国だな、良い国づくりをしているのがわかる」

と、宗安が続けた。

そばにいる信綱、昌輝は、（そうだろう、そうだろう、そう思うだろう）と、うなずきながら聞いている。

「宗安殿、侍だけが強くても国は良くならん。民百姓あっての侍じゃ」

宗安の話を聞いていた幸隆が、後ろを振り返りながら宗安に言った。

宗安は、甲府に向かう武田領を見るだけで、甲斐にきた価値が十分にあったと思った。


真田幸隆、信綱、昌輝親子が新年の挨拶を信玄にしているあいだ、宗安は別の部屋で一人待っていた。さすがに少し緊張をしている。

が、その頭の中は上州に帰った時に良い土産話がないとつまらんと、太っ腹にも信玄がどの程度の人物なのかを見定めるつもりでいる。宗安も長野業正、上泉秀綱などの多くの武将らと会ってきている自負心もある。

しばらくすると、廊下を急いで歩いてくる足音がした。

信綱と昌輝が、足早に部屋に入ってきた。

「宗安、もうじきお屋形様が来るぞ」

部屋に入るなり信綱が言った。

信綱は宗安の顔を見て、（あいかわらず肝は太そうだな）と安心をした。いつもの宗安である。

再び廊下の足音がしたが、これは真田幸隆であった。

幸隆は部屋に入りながら、

「宗安殿、お屋形様との初めての対面である。すぐに忘れられるような対面ではつまらんぞ」

と、笑みを浮かべながら宗安に言った。

そして、一同は信玄の登場を待つことになる。

しばらくすると、再び廊下に足音がする。今度こそは間違いないだろうと思いながら宗安は、さあどう面白くしようかと思案した。

「その方が那波宗安か」

信玄は声を掛けながら部屋に入ってきた。

「はっ」

宗安は深く頭を下げた。

信玄が、苦しゅうない面を上げよ、と宗安に言い、宗安はゆっくりと顔を上げた。

ちょっと緊張してしまっているな、これではまずい、と宗安は自分自身に言い聞かせた。

が、上に目をやると、信玄の後ろの小姓が宗安の弟分である幸隆の三男昌幸であることに気付く。

おかげですぐに緊張が解けた。

後に、徳川勢を二度に渡り上田城で退ける名将真田昌幸である。

「那波での戦はどうであった」

信玄が品定めをするような口調で、宗安の顔をじっと見ながら聞いた。

「残念ながら初陣であったため、あっというまに終わってしまいました。できれば真田様の所で武勇が磨ければと思い、恥をしのんで信濃に落ちてきた次第です」

宗安は落ち着いて答える。

「何故、北条を頼らなかった」

「城が落ちて北条を頼ったとあっては肩身が狭くてかないませぬ。それに越後の長尾景虎と、ひと合戦しましたので、次は是非甲斐の武田家を見ておきたいと思いまして」

と、宗安が答えると、信玄が矢継ぎ早に、

「で、その次はどうする」

と聞いた。

「今川義元殿を見事討ち取った、尾張の織田信長に興味があります」

宗安は平然と答えていく。

「幸隆、面白い者を連れてきたな。わしにしばらく預けろ」

信玄は宗安を預かるべく、幸隆に了承を求めた。

幸隆が返事をしようとするのを、さえぎるように宗安が、

「いえ、お屋形様、誠にありがたいお話ではありますが、次は長野のじいの箕輪攻めの先陣を務めたいと考えております。できれば、暫くは真田様の配下のままでお願いしたいと思います」

「宗安、箕輪は手ごわいぞ」

信玄は自分の下で宗安を使ってみたかったので、少し残念そうな表情である。

「承知しております。是非今度は城から落ちるのではなく、城を攻める姿を長野のじいに見せたく思います」

と、宗安は胸をはって答えた。


こうして、信玄と宗安の初対面は無事に終わった。

友右衛門は、信玄が宗安に甲府に残れと言ったのを宗安が断ったとの話を聞き「もったいないことを」と宗安に言ったが、宗安は、「俺は、かごの鳥にはなるつもりはない」と笑っていた。

信玄と宗安との初対面が無事に終わったその日の夜、甲府は盆地特有の凍りつくような寒さであった。

しかし、その夜空には雲一つなく、月明かりが躑躅ヶ崎館を照らしていた。

やがて、自分の屋敷に帰るのであろうか、一人の侍が供を二人ほど連れ館から出てきた。館を出でしばらくすると、突然その侍は、

「菅野殿ではござらぬか」

と、後ろから声を掛けられた。

その侍が後ろを振り返るやいなや、一人の侍が脇から飛び出し、抜き打ちざまに胴を切り払った。

一瞬のできごとである。

声を掛けられた侍は、何が起きたかもわからないまま、どおっと倒れこんだ。声も出せずにもだえ

苦しんでいる。

「菅野殿、お久しぶりでございます」

声を掛けたのは宗安である。

宗安は、友右衛門と境野次郎左衛門を連れ、菅野という侍が躑躅ヶ崎館から出てくるのを待っていたのである。

菅野を切ったのは、境野次郎左衛門である。さすがに、あざやかな切り口である。

「殿、この者どもはいかがいたしましょう」

けなげにも菅野大膳の供の二人は、刀を抜いて震えながらも身構えている。

「捨てておけ」

と言って、宗安は振り返り歩き始めた。

境野次郎左衛門に切られたのは、菅野大膳であった。

かつての関東管領上杉憲政の側近であり、あの上原光定と共に、那波の由良攻めを企てた佞臣である。

上杉憲政が越後に逃げてから甲斐の武田を頼り、うまく取り入っていたのである。

翌日信玄は、昨夜何者かに菅野大膳が切られたことを報告された。

下手人捜しはいかがいたしましょう、と聞かれたが、信玄は「ほおっておけ」と、菅野を討ったのは誰かをつきとめようとはしなかった。

信玄は、（宗安め、やりおったな。増々面白い奴じゃ）と心の中で笑っていた。

九　上杉謙信と那波次郎改め那波顕宗

その年の二月になると、越後勢は満を期して小田原攻めを始める。

北条氏康は当初松山城に入っていたが、上野・武蔵の諸将が越後勢に次々と馳せ参じるのを見て小田原へ退き、ついに小田原城での籠城策を決意する。

二月二十七日、鎌倉鶴岡八幡宮に勝利の願文を捧げた後、越後勢は海沿いを進撃し小田原に攻め込んだ。

しかしながら、北条氏康が守る小田原城のその守りは堅く、また攻める越後勢も大軍団といっても寄せ集めである。小田原城はなかなか落ちる気配がない。また長い城攻めで、諸将からの不満の声を耳にするようになった。

当時の関東では飢饉があり、小田原城包囲の軍勢は兵糧に窮し、長期にわたる出兵を維持できなってきていたのである。

そして、ついに謙信は小田原城の包囲を解き、鎌倉に引き返す決断をする。短期間に北条氏康を追い詰めた謙信であったが、小田原城を落とし決着をつけることはできなかった。

謙信はその後、一か月ほど鎌倉に留まり、関東管領を襲名する関東管領就任式を鶴岡八幡宮にて壮大に執り行った。

そして、その後六月に越後勢は関東から兵を引き、春日山城に帰ることになる。

謙信の帰国の後、北条氏は再び関東での勢力を盛り返し、謙信は、以後何度も関東に出兵することになる。史書によると十二回とも十四回とも言われている。

長尾景虎改め上杉謙信が小田原城を攻めている時、那波次郎は厩橋城にて軟禁状態であった。城主の北条高広は、謙信に伴い小田原城の包囲戦に参加をしており不在であったが、厩橋城の中には那波家や安田家との親戚関係のある豪族らもおり、それらの家臣らは比較的那波に対して好意的であった。おそらく同じ大江一族ということで、高広からの指示があったのではないかと思われる。

『北越軍談』では、高広の武将としての器を「器量・骨幹、人に倍して無双の勇士」と書かれており、高広が、どの様に次郎を取り扱ったのかは想像できる。

まだ十三歳と幼い次郎であるが、城が落ち厩橋での軟禁状態にある自身を恥じず、時間があるのを幸いに、朝から晩まで一心不乱に書を読んでいた。また時には、近くの日輪寺や龍蔵寺の和尚に厩橋城まで足を運んでもらい、いろいろと話をしてもらっている。

次郎の厩橋でのその状況は、追々北条高広や謙信の耳にも入ることになる。

越後勢が春日山に帰ったその年の秋、次郎は謙信に呼ばれ、北条高広と共に春日山に向かうことになる。次郎にとっては、謙信との初めての対面である。そして、初めての雪国越後への旅でもある。

越後の秋は晴れない日が多い。三国峠を越えると毎日のように曇り空や雨の日が続く。

おそらく、はじめて関東から新潟に移り住むと、新潟での晩秋から冬にかけて天気は耐えられないであろう。

（こうも、毎日太陽が見られない日が続くとは、越後の人達はつくづく大変だな）と、次郎は思った。

雨の日が多く、越後の景色を楽しむ余裕もない。

次郎ら一行は、天気がすぐれぬ越後との国境の山々を進む。三国峠を越え塩沢に、さらに栃木峠を越え十日町に入った。険しい山道が途中いくつもあった。この様な道中を苦もなく大軍で移動することができる越後勢の強さを、次郎らは感じられずにはいられなかった。

十日町からは信濃川を渡り、松之山を経て、ようやく春日山城下に着くことができた。

現在、新潟図書館に春日山城の図がある。それを見ると、壮大な山城であったことが見てとれる。春日山城の標高は約百八十メートルである。その頂上に本丸があり、そこからは日本海や頸城《くびき》平野を一望することができる。

春日山の山麓には多くの屋敷があり、頂上の本丸にかけては、多くの曲輪がある。

城下からは、交通網が越後各地へ向かい良く整備がなされ、それが謙信の関東や北信濃への迅速な出兵を可能としていた。

城下の民も活気に満ちあふれている。それは、越後が豊かな証しである。ではその豊かさは、どこからきていたのであろうか。

当時の謙信は佐渡を支配していた訳ではなく、佐渡金山の恩恵にはあずかってはいない。また佐渡金山の開発は、景勝以降の時代である。

謙信は、流通網を握り交易を盛んにし、物資や商人を城下に集め、そこから税としての利益を得ていたのである。

当時は船運が貴重な物資輸送の手段であった。今でこそ太平洋側の流通が盛んであるが、当時の日本海航路は、北国船《きたぐにぶね》と呼ばれる五百石から六百石の大型の船により、京都に向かう交流が盛んであった。

特に直江津や柏崎は、古くから名前が知られていた良港である。謙信は、そこから新潟の米のほか、全国的に有名であった越後布と呼ばれる麻布と、その原料の青苧《あおそ》などを全国に流通させていた。木綿が普及していない中世では、麻は貴重な衣料の原料であり、それが謙信の財政を支えていた物のひとつであった。

その日、春日山城の大広間で、次郎は力丸日向と共に謙信との初対面の時を待っていた。いささか緊張している。謙信から何かしらの沙汰が那波へ下されるかも知れないのだ。

そこへ、どかどかと足早に謙信が安田景元と北条高広を伴って現れた。

「那波次郎だな」

と、謙信は腰を下ろすやいなや次郎に声を掛けた。せっかちそうである。

「はっ」

次郎は、平伏してかしこまる。

「このたびは御目通りをいただき、恐悦至極に存じます。また関東管領御就任、誠におめでとうございます」

と、やや緊張しながら次郎は挨拶を述べた。この時、次郎十三歳である。

「遅くはなったが、昨年の宗俊殿の戦ぶり誠にあっぱれであった」

謙信のその言葉に、

「はは」

と、次郎はさらにかしこまり平伏した。

那波との戦では、越後勢にもだいぶ被害があったと聞いている。できれば那波での戦については、あまりふれてもらいたくない所である。力丸日向の眉間に少ししわが寄る。

しかし、謙信のその言葉には、いささかの嫌味も感じられなかった。

「できれば、宗俊殿には一度お会いしたかった。十万を超える大軍勢に、よくぞ戦をしかけてきたなと聞いてみたいものだった」

次郎は、この言葉に謙信の好意を感じた。

次郎の後ろに控えている力丸日向も同様に、安堵した表情である。

「次郎、その方《ほう》のことは、長野のじいからも良く聞いておるぞ」

力丸日向は、謙信が何か話を切り出そうとしていると感じた。

「日向、この両名とも話をしたのだが（安田景元と北条高広のことである）、次郎を追々この北条高広の娘婿としたい」

突然謙信は、次郎の縁談をもちかけた。さすがに謙信からの、この急な話に力丸日向は驚いた。

「不服か」

と、謙信が聞いた。

力丸日向は、反対できる筈もなく、

「めっ、めっそうもありませぬ。しかしながら、このようなお話を、こうも急にお聞きするとは……」

力丸日向は恐縮し、平伏している。

景虎は、越後勢に最後まで抵抗した宗俊に対する敬意、長野業正、安田景元から聞かされた那波宗俊と那波家臣団、そして次郎の長い厩橋での軟禁生活での行状を知り、安田景元、北条高広の両名との合意を取り、この縁談を持ちかけたのである。

安田景元、北条高広とも、同じ大江一族の名門那波家との縁組には、もちろん異存がない。特に安田景元にいたっては、那波家の将来が保障され、那波への長年の恩返しができると喜んでいる。

こうして謙信は、那波家を越後勢に取り込むこととした。

話は少し先に飛んでしまうが、次郎は翌年謙信のもとで元服を執り行い、元服後は顕宗と名乗ることになる。そしてその後正式に北条高広の娘婿となり祝言をあげる。

「顕」は、上杉管領家に伝わる名である。この名を謙信から拝領したことに、上杉家の那波への扱いが良く理解できる。

上杉謙信の没年の前年である天正五年（一五七七年）の『上杉家中名字尽』によると（上杉氏の旗下の主だった武将を列記している）、北条高広・景広父子に続き、那波次郎とあり顕宗が見られる。このことから顕宗は、謙信のもと上州の有力国人として復帰を果たしていたことがわかる。（本小説では、以後次郎を顕宗と称す）

この日、力丸日向は、謙信が宗安の消息を聞かなかったことにひどく安堵した。しかし大広間から立ち去る際、安田景元から、

「宗安殿もできればはやくお屋形様にお会いさせたいものだ」

と声を掛けられた。謙信や景元は、宗安がどこかに匿われていると見ているのである。

これに力丸日向は、

「宗安様は、あの戦のあと行方がわからずじまいで、越後勢に降伏した那波も身動きも取れず、今まで探せずじまいでございます……」

と、しらを切り通した。

幸いながら、安田景元からは、それ以上の追求はなかった。

十　武田信玄の箕輪攻め

謙信が顕宗との初の対面をした年の暮れ、なんと長野業正が世を去ってしまった。そして、長野家では家督を十四歳の三男業盛《なりもり》が継ぐことになる。

『関八州古戦録』には業正が臨終の際、息子の業盛を枕元に呼び、「死んだ後、法要は無用。代わりに敵の首を墓前に一つでも多く供えよ。決して敵に降伏するべからず。武運が尽きたなら潔く城を枕に討死せよ。それこそが私への孝養、これに過ぎたるものはない」と遺言し、そしてその死を秘匿するように言ったという。

しかしながら、業正の死は、おいおい周辺諸国に知られてしまうことになる。

ある日の朝、真田信綱の屋敷に父の幸隆が突然やって来た。いつもと顔色が違う。

幸隆は信綱と宗安をすぐに呼びつけ、甲府にいる次男昌輝から、その日の朝に業正の死について急な知らせがあったことを二人に告げた。

幸隆から、突然業正の死を聞いた信綱と宗安は「それは、まことですか」と、顔色を変え驚いた。

幸隆は、ただうなずくだけである。

そして、幸隆、信綱、宗安の三人は、特に話をするのでもなく、なぜか揃って視線を東の箕輪城の方角に向けた。

暫くして幸隆が、

「宗安殿、これを機にお屋形様は本格的に西上州に侵攻するであろう。長野様が亡くなったとあれば、箕輪攻めもそんなに先のことではあるまい。もし箕輪攻めが不本意とあれば、ここを去ってもらっても一向に構わぬぞ」

と、宗安の心境を察するように言った。

業正が健在な時は、信玄は幸隆を通して箕輪勢をなんとか懐柔し、正面からぶつかるようにはしなかった。が、業正が亡くなったとあれば箕輪攻めは必至である。

「幸隆様、お心づかい誠にありがとうございます。しかしながら長野のじいの供養には、拙者が箕輪城への一番乗りをすることかと思っております」

宗安は、いつもの宗安らしからぬ神妙な面持ちで、そう幸隆に答えた。

「残念だな宗安、できれば長野様がおる時に箕輪城を攻めてみたかったな」

隣の信綱が言った。

幸隆が佐久地方を追われた後、箕輪城で生まれた信綱にとっても、業正は祖父のような存在であった。

幸隆は「これでまた忙しくなる」と、信綱と宗安を残し、慌ただしく二人の前から姿を消した。

幸隆のその後ろ姿は、西上州への侵攻に燃えているように見せかけてはいるが、業正の死を悼む気持ちは隠せていない。

「長野業正ひとりが上野にいる限り、上野を攻め取ることはできぬ」と、信玄が嘆いていたと言われるほど、業正は信玄を手こずらせていた。

その業正の死を知り、信玄は大いに喜び「これで上野を手に入れたも同然」と、すぐに箕輪攻略の準備を進めた。そして、信玄は西上野への本格的な侵攻を開始する。

宗安が真田幸隆の所へいることが、那波家中にも徐々に知られるようになってきた。甲府で境野次郎左衛門に切られた菅野大膳の供の者が、上州へ逃げ帰ってきたからなのだろうか。それまでは力丸日向など、ごく一部の者しか宗安の消息は知られていなかった筈である。

そして、武田の箕輪への侵攻が近づきつつある所から、宗安の役にたてればと、那波から真田の庄へこっそり向かう者が出てきた。

多くは那波が取り潰された後、牢人していたか帰農していた旧那波家の家臣らである。

その数も徐々に増え、総勢六十名ほどになってきた所から、幸隆が宗安に家来を連れ、千曲川対岸の摺鉢山城へ入ることを命じた。城を任されているのは幸隆の古くからの家臣、穴山源覚である。油断のない幸隆にしてみれば、もしものことも考えたのかも知れない。

そして、信玄は西上野への侵攻を本格的に開始した。信州の近隣からつぎつぎに西上州の城を落とし、また時間をかけ真田幸隆が調略を仕掛け、多くの寝返りをさせていった。

長野業正の娘は十二人おり、西上州を中心に諸豪族と血縁関係を結び、箕輪衆として強い結束をしていた。箕輪衆の主な面々は以下の通りである。

小幡城主・国峰城主小幡氏、山名城主木部氏、大戸城主大戸氏、和田城主和田氏、倉賀野城主倉賀野氏、羽尾城主羽尾氏、厩橋城主長野氏、板鼻鷹巣城主依田氏、室田鷹留城主長野氏、安中城主・松井田城主安中氏、岩櫃城主斎藤氏。

まず、永禄四年（一五六一年）小幡景定が凋落され、国峰城は武田方となる。続いて和田業繁が翌永禄五年に降伏。永禄七年には、松井田城、安中城が相次いで落城。松井田城主安中忠政は自刃、安中城主安中忠成は降伏する。同年、岩櫃城が真田幸隆により落城。永禄八年、倉賀野城がついに落城、城主倉賀野尚行は上杉謙信を頼り越後に落ちる。

倉賀野城の落城については、倉賀野尚行に油断があったようである。謙信は憤慨し、それを書状にしたため安房の里見義弘に送っている。

そして永禄九年（一五六六年）まで、信玄は機の熟するのを待った。

永禄九年、この年謙信は実に多忙であった。

一月の末に佐野（現栃木県）に向け軍勢を進め唐沢山城を攻略、その後常陸へ出兵し小田氏治を攻め小田城を開城させる。

三月には千葉氏の下総臼井城を攻める。しかしながら北条氏による救援があり、越後勢は敗北してしまい五月に越後に戻る。

　この臼井城での敗北では、越後勢に数千人の死傷者が出たと『戦国遺文』にはある。この敗北が、謙信から常陸・上野・下野の諸将が離れていく大きなきっかけとなった。そしてこの後、謙信の関東への影響力は徐々に薄まっていくのである。

　また謙信は、関東だけでなく越中においても、信玄と手を結んだ一向一揆との戦いがあり多忙であり、多くの兵を割かなければならない状況であった。


　永禄九年の九月、謙信が越後に帰ったのを見きわめ、ついに信玄は二万の大軍を率い、満を期して念願の箕輪城攻略を開始する。

　宗安以下那波勢は、武田牢人衆として、初陣の武田勝頼が率いる秋間口からの攻略部隊に属している。牢人衆の総勢は二百五十人ほどである。

　宗安は那波落城後に真田幸隆の世話になってから、武田勢として川中島の合戦、西上州の倉賀野城、岩櫃城、松井田城攻めなどで手柄をたて、また上州の地理に明るいこともあり、この牢人衆を率いている。


　周囲の諸城を落とされたとはいえ箕輪城の備えは固い。かつて箕輪城と連携して散々に信玄を苦しめた鷹留城も健在であり、長野業盛のいとこである長野業通ら三兄弟が、力を合わせ鷹留城を守っている。越後勢の救援がなくとも、そう簡単に箕輪城を攻略することはできそうもない。

へたに戦いが膠着状態に入れば、あの義理堅い謙信が、家臣の反対を押し切ってまで無理を承知で救援に来ることが考えられる。

そのため、箕輪城攻略に一か月以上はかけられないと信玄は考えていた。

二年ほど前に既に安中忠成を降伏させていた信玄は、まずは二万の大軍を引き連れ、堂々と安中城に入る。そして信玄の本隊は、安中から東の若田原に繰り出し、南方から箕輪城を伺う。

小幡信貞や真田幸隆らの別動隊は大戸から烏川を南下し、鷹留城を西方から牽制する。

信玄は、今までに何度も箕輪城と鷹留城との連携に苦しめられたことから、南方と西方から箕輪城と鷹留城をそれぞれ牽制し、その隙に別動隊が秋間を通り、一気に雉郷《きじごう》城・里見城を攻略し、箕輪城と鷹留城とを分断することを考えた。

別動隊の大将は、今回が初陣の武田勝頼である。飯富虎昌、山県昌景、馬場信房ら武田軍の精鋭部隊を引き連れる。この顔ぶれからも、この作戦にかける信玄の意気込みが感じられる。

そして箕輪周辺の地理に明るい宗安率いる牢人衆は、信玄からこの部隊の先鋒を任されることになった。先鋒と呼べば聞こえは良いが、牢人衆は所詮使い捨てであると見ている武田の諸将もいる。しかしながら牢人衆にとっては、その方が手柄をたてる機会が増えるので、誰もが「先鋒」を任されたことに奮い立った。

出陣の準備をしている宗安のところへ、真田信綱が突然現れた。宗安ら牢人衆が先鋒であることを聞きつけ、わざわざ訪ねてきてくれたのである。

信綱ら真田勢は、大戸から烏川を南下する別部隊であり、今は三の倉まで兵を進め鷹留城を牽制している。

「宗安、別動隊の先鋒らしいな。うまくいけば箕輪城への一番乗りも夢ではないな」

と、信綱が宗安に言うと、

「できればそうしたいものですが、箕輪勢がそうは簡単にさせてくれないでしょう。秋間からの道筋には箕輪勢の多くの砦が左右にありますから、まずは雉郷城と里見城の備えがどの程度なのか、戦をしかけて見極めるのが先鋒隊の務めとなっております」

すると、信綱は宗安の耳に口を近づけた。

「これは内緒だが良い話がある。真田の間者からの報告では、高浜砦を守る鷺坂常陸守介らが、今は箕輪城に出かけて留守らしいとのことだ。おそらく高浜砦の守りは薄い。どうじゃ宗安、一気に高浜砦を落としてみるか」

と、信綱は宗安に耳打ちした。

高浜砦は、秋間口からみると雉郷城・里見城のさらに奥に位置する箕輪城と鷹留城との間にある要衝である。確かにこの砦を落とせば箕輪城まで一気に攻めかかれる。大手柄をあげるのも夢ではない。

しかし高浜砦からの烏川は、榛名白川が合流する東の地点まで断崖が続いていており、烏川の渡河点はない。また高浜砦の西は鷹留城の守備範囲となり、寄せ手は鷹留城から兵を繰り出され攻撃を受けやすい。

高浜砦は、箕輪城と鷹留城との連携の要となっている砦である。従って、この高浜砦を一気に落とすことができれば、箕輪城と鷹留城を分断することが可能となる。また北に登れば、およそ四キロで箕輪城である。高浜砦は、砦と呼ばれているところから規模も小さく、砦に詰めている人数もさほど多くはない。しかも、城を守る大将である鷺坂常陸守介が留守であるとのことである。千載一遇の機会である。

しかしながら高浜砦を攻めるには、手前にある雉郷城・里見城の警戒網をくぐらなければならない。高浜砦を運よく落としても、雉郷城・里見城から攻めたてられたら、二百名程度の牢人衆では持ちこたえられない。また箕輪城と鷹留城からの援軍も来襲し、敵の重囲に陥り全滅の可能性もある。無謀な賭けかも知れない。

「どうじゃ宗安、やるかやらんかはお前次第だ。うまくいけば箕輪城一番乗りだ。長野様の仏前で焼香ができるぞ、はっ、はっ、はっ」

と、信綱は笑いながら三の倉の真田の陣へ帰っていった。

宗安は、思案している。

高浜砦を一気に攻めるということは、敵中に突出してしまい、牢人衆が全滅の可能性もあると見ている。しかし宗安ら牢人衆の後ろに控えるのは飯富虎昌、山県昌景、馬場信房らの武田の精兵部隊だ、まさか牢人衆とはいえ見殺しにし、恥をさらしたくないだろうと考えられる。

そして、信綱がわざわざ教えに来たということは、十分うまくいく可能性があるということでもある。

また、この話を聞いて動かないと、「宗安に器量なし」と、信綱に見られるのは恥だとも考えた。お屋形様の指示は無視することになるが、うまくいけばお咎めはあるまい。また失敗すれば、死んでいるのだから気にすることもあるまい。そう宗安は腹を決めた。


宗安ら牢人衆は、先鋒として夜陰にまぎれ秋間を出発した。雉子ヶ尾峠を越え、雉郷城、里見城と、それらの城に付随したいくつかの砦の間を慎重に兵を進めた。雉郷城、里見城の間は二キロもない。そして里見城と高浜砦の間も二キロもない、まさに敵の警戒網を縫うように這って進んでいく。

そしてついに烏川右岸に到着し、対岸に高浜砦を望んだ。

高浜砦は、烏川とその支流の鳥居沢川によって守られた細い尾根の上にあり、その尾根筋を空堀と土塁とで区切っただけの砦である。

（確かに守りは手薄のようだ）と、宗安は見た。

夜が明ける前に宗安ら牢人衆は烏川を密かに対岸に渡り、東の空がうっすらと明るくなってきたのを見計らい、一気に高浜砦に襲いかかった。

信玄の箕輪城攻略戦の戦端は、この高浜砦への奇襲攻撃にて始まる。

箕輪勢の思いもよらぬ雉郷城、里見城の防衛線の内側への奇襲攻撃がかけられたのである。

砦の大将鷺坂常陸守介は、信綱の間者がもたらした様に箕輪城に出向いて不在であり、高浜砦の守りは手薄であった。宗安ら牢人衆は一気高浜砦に食らいつき、手薄な敵兵を追い払い城に火をかけた。

そして、雉郷城と里見城からの箕輪勢の援軍が高浜砦に向かってくることは気にもかけず、さらに北の箕輪城を一気に目指す。

背後の高浜砦が宗安らに奇襲をかけられたことにより雉郷城・里見城の箕輪勢は大騒ぎとなり、高浜砦への援軍をすぐに繰り出してきた。しかしながら、城から引きずり出されれば数に勝る武田勢には勝てない。宗安の後につづく飯富、小宮山勢らの武田の精強部隊はこの隙を逃さず、一気に雉郷城、里見城を落とすことに成功した。

城に立て籠もられれば少数でも手ごわい。雉郷城と里見城が、宗安ら牢人衆に誘いだされ兵を繰り出さなければ、箕輪攻めは長期戦になっていた可能性が高い。

また、もし宗安が信玄の指示の通りに雉郷城か里見城に攻めかかっていたとすれば、高浜砦の守将鷺坂は急遽高浜砦に戻り、箕輪城からも援兵が加わり、雉郷城と里見城も含めこの方面の守りを固めていた筈である。膠着状態に陥り長期戦となれば、謙信の越後勢の救援も間に合っていたかも知れない。

高浜砦を落とし北の箕輪城を目指す宗安ら牢人衆を迎え撃つため、箕輪城から老将安藤九郎左衛門が兵二百を率いて繰り出してきた。

ここを通せば箕輪城の危機とばかりに、安藤九郎左衛門を先頭に箕輪勢は死にも狂いで牢人衆に切り込んでくる。

牢人衆もこれに応じ、激しい切り合いが白岩観音付近で始まり、この戦いのため白岩観音は焼失してしまうことになる。

牢人衆は昨夜からの疲れのため、また全員が徒歩であったため、騎馬武者を含む箕輪勢に苦戦し徐々に押され始める。

「その旗印は、那波宗安殿とお見受けいたす」

安藤九郎左衛門は、那波家の旗印一文字三ツ星を見つけると大声を上げた。

「安藤のじい、まだまだ元気な様だな」

宗安が応じる。

安藤九郎左衛門、この時、実に七十五歳、長野業正が生きていれば、ほぼ同年代である。

宗安が箕輪に滞在していた頃、よく九郎左衛門に剣術の稽古の相手をしてもらっていた。

「宗安殿、業正様にあの世で拙者に討たれたと報告せい」

と、馬上安藤九郎左衛門は白刃をかざし宗安に向かって切り込んできた。

宗安は、いやな相手がきたものだと、その切り込みを二度三度とかわす。

老齢の九郎左衛門の動きには往年の切れはない。九郎左衛門自身もそれは良くわかっている。そばにいる友右衛門には、九郎左衛門が宗安に討たれようとしている様にしか見えない。

宗安は、九郎左衛門の切り込みをかわし続ける。そのうちに他の牢人衆の何人かが九郎左衛門の首欲しさに横から切り込んできた。疲れの見える九郎左衛門が討たれるのは、もはや時間の問題であった。

が、それを見ていた友右衛門と境野次郎左衛門が、九郎左衛門を討たせまいと、切り合いに参加するかのように、うまく牢人衆と九郎左衛門との間に割って入る。

ついに九郎左衛門は、これが最後と力を振りしぼり宗安めがけて馬を走らせる。そして九郎左衛門の白刃が振り下ろされるのと同時に、宗安の槍が九郎左衛門のわき腹を突いた。

九郎左衛門は口に笑みを浮かべた。

「宗安殿おみごと、業正様に良い土産話ができたわ」

と言い、馬上から崩れ落ちた。

宗安は九郎左衛門を抱き起し、（あまりの気迫に、手加減ができなかったではないか、この頑固者が）と、不覚にも皆の前で涙を浮かべてしまった。

『上州治乱記巻之三』には、老将安藤九郎左衛門が、白岩山にて宗安らと大いに戦い、三度まで敵を追崩したが、最後は深入りして討死にしてしまったとの記述がある。老将ながらあっぱれな散り際である。

安藤九郎左衛門を討った宗安は、これ以上戦いを続ける気力がなくなってしまった。

また深夜からの行軍で牢人衆も疲れが見え始めている。そこを箕輪城から繰り出してきた新手の青柳金王らに押しまくられ、ついに宗安らは、高浜砦まで退却をすることになった。

念願の箕輪城一番乗りはかなわなかったが、宗安ら牢人衆の働きにより高浜砦が落ち、箕輪城と鷹留城が分断され、箕輪城はのど元に剣先をつきつけられた格好となった。

長野業通が守る鷹留城は、武田勢の小幡信貞の率いる一隊が攻撃を開始した。

業通は、一時は烏川南岸に武田勢を撃退するなど善戦をしたが、城に戻ろうとした所を武田方への内応者が城内で火を放った。業通はやむを得ず吾妻方面へと落ちていき、鷹留城は落城する。

鷹留城も落ち、ついに箕輪城は孤立無援となった。

最後まで箕輪城に篭っていた城兵は、千五百程である。城主長野業盛は、城門を開き必死の切り込みを幾度か行い、長野十六槍の藤井友忠があと一歩の所まで武田勝頼を追いつめるなど善戦をしたが、多勢に無勢、鷹留城が落ちたその二日後、上杉謙信の援軍を見ることなく箕輪城は落城する。

その後、箕輪城は武田方の上野経営の拠点と位置づけられ、武田家の有力家臣である甘利昌忠、真田幸隆、浅利信種らが城代を任ぜられることになる。


箕輪城落城の前日、業盛は上泉伊勢守秀綱を呼んだ。

「秀綱、箕輪城はこれまでだ。わしは腹を切る」

と、業盛は秀綱に告げた。

「我らの力が及ばず、誠に申し訳なく」

秀綱は、何かがふっきれたように落ち着いている。秀綱は業盛の介錯を務めた後、亡き業正へのお詫びとして追い腹を切ると決めている。

「家臣のせいではない、ご先祖様には申し訳ないが、わしが父より器量がなかったということだ。わしは生まれてくるのが遅すぎた。兄上がおれば、信玄めに、こうもやすやすと手足をもがれていくような負け方はしなかった」

業盛は、この年十九歳である。父業正の死後、信玄の調略に対抗するには、あまりにも若すぎた。生前業正に頼りきっていた箕輪衆には、業正の代わりとなる者がいなかったのである。

「箕輪城の城門を開け、おぬしらと何度も武田勢に切り込みを行った。悔いはない、楽しかったぞ」

業盛の顔には、うっすらと笑みがこぼれている。秀綱は何と言っていいものかと返事に窮した。

「秀綱、わしの後に腹を切るなどと言うなよ」

と言い、業盛は秀綱の顔を見た。

(秀綱は腹を切るつもりだな)と、業盛は察した。

「わしは、弟子の一人として言うが、ぜひおぬしには、剣の道を極めてもらいたい」

業盛はそう言ってみたが、秀綱は業盛が止めても腹を切るのをやめるつもりはないように感じた。

業盛は続ける。

「それに、倅の亀寿丸を何としても城から落としてもらいたい。これは秀綱にしか頼めぬ、また秀綱にしかできん」

秀綱は、そうと言われれば、この業盛の最後の願いばかりは聞かずにはいられない。散り逝く主君の後顧の憂いを無くすのは家臣の務めである。

「かしこました、秀綱の最後の奉公として、亀寿丸様をお任せくだされ」

と、追い腹はいつでも切れると秀綱は考え、業盛に返事をした。

秀綱は、まずは亀寿丸を無事に城から落とし、その後、腹を切るか武田勢に切り込んで切り死にするか決めることにした。

業盛はその夜、箕輪城本丸の北、御前曲輪内の持仏堂で一族郎党と共に自刃した。享年十九歳である。

時世は、

「春風に梅も桜も散りはてて名のみ残れる箕輪の山里」である。

安藤九郎左衛門を討ったことにより気持ちが冷めきった宗安は、箕輪城攻めには参加していなかった。

城主業盛が腹を切った、との知らせを耳にし、

(これで長野家も終わりか、あっけないものだな)と、箕輪城の方角に目をやった。

宗安は、戦場で放れ馬となった馬にまたがり、てくてくと高浜砦から若田原にある信玄の本陣をめざしていた。友右衛門ら那波の牢人衆も宗安の後に続く。他の牢人衆では、最後の手柄をあげるため、箕輪城攻めに加わっている者もいる。

途中、和田山あたりにきた時、何かしら周囲が騒々しくなっていた。落ち武者狩りでもしておるのだろうと、気にもとめなかった。

その落ち武者がよほどの大人数なのであろうか、武田方の将、武常兵部が宗安の所へ馬を走らせ助けを求めてきた。

宗安は、あまり気乗りがしなかったが、わずか二人の落ち武者相手に苦労をしていると聞かされ、どんな面構えの侍なのかを、ひとめ見てやろうと近づいていった。


和田山の麓では、二人の侍を大勢の武田勢が取り囲んで切り合いをしている。よほどの手練れなのか、周りを囲んでいる武常兵部の手勢が子供の様にあしらわれている。上泉伊勢守秀綱であった。

秀綱は、業盛から託された亀寿丸を藤井忠安と共に和田山の極楽寺に預けたが、極楽寺に武田勢の落ち武者狩りの手が伸びそうなので、ここで直弟子の疋田《ひきた》文五郎と、武常兵部の手勢を相手に大立ち回りをしているのである。

「秀綱殿、難儀なようですな」

と、宗安は馬上から秀綱に声を掛けた。

「おお宗安殿、お久しぶりでござる。先陣で高浜砦を落としたようでござるな」

三十人程の侍にかこまれているが、秀綱は息も切らさず平然と宗安に返事をした。余裕が見られる。

「これは失礼、あまり難儀をしていないようですな」

宗安の口に笑みがこぼれる。

「ああ難儀はしておらぬが、城も落ちたので今は余分な殺生はしたくない。武田家の皆様に稽古をつけておる所でござる」

秀綱のその言葉に、秀綱らを取り囲んでいる武常兵部の手勢は恥ずかしく顔を赤くした。

「このお方は上泉伊勢守秀綱殿じゃ。落ち武者狩りなどで命を落としたくないので加勢は御免被る」

と、宗安は武常兵部に笑いながら言った。

相手があの有名な上泉伊勢守秀綱と知り、武常兵部は驚いた。武常兵部もひとかどの武将である。

「ここは那波殿がいて助かった。拙者も危うく命を落とす所であったわ」

と、配下の者に刀を収めさせた。そして、

「拙者は、お屋形様の指示を取り付けてまいる。那波殿、この場はしばらく貴公にお任せいたす」

と馬に乗り、信玄の本陣を目指し、一目散に馬を走らせていった。

武常兵部の手勢は、刀を収め遠巻きに秀綱らを囲んでいるが、中には秀綱に会えたのがよほど嬉しいのか、目を輝かせて遠くから秀綱を見ている者もいる。

「秀綱殿、これからいかがいたす」

宗安は、箕輪城が落ちた今、秀綱が今後どうするつもりなのかを聞きたかった。

「追い腹か、武田の本陣に切り込みかな」

と、笑いながら秀綱は答えた。

宗安は、まんざら冗談ではなく、秀綱は追い腹を考えているのではと察した。そして、

「那波のことは、時々は耳に入りますか」

と宗安は、話題を那波に替えた。

「おお、次郎殿が謙信殿の所で元服し、今は顕宗と名乗っているのは知っておろう。謙信殿がいたく

気に入っておるようだ」

「そのことは、那波から来た者から聞いております。那波のことは次郎（顕宗）に任せておけば安心と、今は気が楽になっております」

「そうか、それ以外はあまり那波のことはわからん。ここ数年は、おぬしら武田勢に攻められっぱなしで那波へ足を運んでおれなかった。たまには、又右衛門殿の所へ行き、仲次郎に線香でも上げたいのだが……」

秀綱は、仲次郎や又右衛門が懐かしいようである。

「仲次郎殿は幸せ者でございますな。いまだに一番弟子ですから。拙者の立つ瀬がありません」

と、横の秀綱の弟子、疋田文五郎が笑いながら口をはさむ。

「仲次郎は、秀綱殿にはさらに剣の道を磨いてもらいたいと思っておるかと思います」

宗安は続ける。

「生前、我が父が言っておりました。秀綱殿には侍は似合わぬと」

「宗安殿、何故そなたの父はそう言った。業正様にも、業盛様にもそう言われたことがある」

秀綱は、宗安に聞いた。

「拙者が思うに、おそらく侍の道は高名と財で評価がされますが、剣の道は、剣の心とその心が生みだす技で評価されるからではないでしょうか。おそらく秀綱殿は、高名や財を求めて今まで戦をしたことがないのではと思います。業正様も、それが良くおわかりになっておったのでは」

と、宗安が答えると、

（宗安め、若造のくせにいちいちもっともそうなことを言いよる。この数年だいぶ幸隆殿や信玄めにもまれたな）と秀綱は感心した。

しばらく二人のあいだに間があり……

「剣の心、剣の道か、それもいいか」

と、秀綱は何かが吹っ切れたような顔をした。

「是非、お願いいたします。秀綱殿は拙者の剣の師匠でありますから。ところで、拙者は秀綱殿の何番弟子になりますかな」

宗安は、秀綱の表情を見て安心した。

「一番弟子は仲次郎じゃ、二番弟子はこの疋田文五郎。宗安殿は十番目ぐらいでござろうか」

と、秀綱が答えると、三人は大笑いした。


秀綱が和田山にいることを武常兵部から報告を受けた信玄は、すぐに重臣の穴山信君を秀綱のもとへ向かわせた。信玄が秀綱を是非武田家に迎えたいと言ってきたのである。

「宗安殿、一息ついたらまずは仲次郎の所へ墓参りに行ってまいるわ」

と言って、秀綱は穴山信君と信玄の本陣に向かっていった。

宗安は、（秀綱殿は、追い腹は切るまい、またすぐにどこかで会えるだろう）と、その後ろ姿を見送った。

箕輪落城の際、信玄は長野家の遺臣を含む多くの侍を新たに召抱えたと言われている。その中に上泉伊勢守秀綱が含まれていたと記録にある。しかしながら後に秀綱は、おのれの剣を磨くため、そして新陰流を普及させるため諸国を歩き回っている。おそらく信玄のもとに秀綱がいたのは短い期間であろう。尚、信玄のもとを秀綱が離れる際、信玄は秀綱に信の一字を与えたとある。そして以後上泉伊勢守と名乗る。本書にても以後信綱とする。

さて二歳になる業盛の子亀寿丸である。

和田山にあった極楽院の良雲法印に亀寿丸は匿われ、その後出家し鎮良と名乗り極楽院二代目となったといわれている。

信玄は、宗安が高浜砦を一気に衝いたことにより、念願の箕輪城を越後勢の援軍がくる前に短期間で落とすことができた。

箕輪方の雉郷城・里見城の備えを見極めろとの信玄の指示は無視した宗安であるが、思ったように結果が良ければ信玄から何の咎めもなかった。だが高浜砦を落とし、箕輪城一番乗りを目指した牢人衆の死傷者は多かった。

「宗安、今回の見事な働き、褒美は何が望みじゃ」

論功行賞の場で、宗安は信玄に聞かれた。

居並ぶ武田の重臣達も、無茶はされたが、このたびの宗安の見事な働きには異論がない。しかし、ただ一人、秋間口の総大将武田勝頼はぶすっとした顔をしている。

勝頼は、宗安ら牢人衆が高浜砦に突出したため、あわてて後続の部隊を繰り出し、雉郷城・里見城を力責めで落とさなければならなくなった。ただ単に手柄を求め行動する牢人衆に振り回されてしまったと思っている。そんな勝頼の表情に、宗安が気づいたかどうかはわからない。

「拙者と那波からきた家来どもは、今までのように食い扶持がもらえれば、それで十分でございます。ただし今回の戦では、だいぶ刀や鎧が傷んだ者が多くございます。また、討死した者には、家族のもとに多少なりとも金子を送ってやりたいと考えております。できれば、いくばくかの金子を頂戴できれば助かります。何卒よろしくお願いいたします」

と、宗安は信玄に答えた。

信玄は驚いた。

「所領はいらんと申すのか。今までの働き、また那波からの家来も多くなってきていることから、二千貫程度（四千五百石程度に相当）の所領をくれてやろうと考えておったが、いらんのか」

重臣達も同様である。だが所領をもらうということは、信玄の家来になるということでもある。

「拙者も侍である以上、所領が欲しくないとは申しません。しかし信州や上州などの所領をもらってもつまりません。そろそろお屋形様が常々口にしておられる京の都が見てみたくなりました。徳川家康、織田信長との戦では、是非この宗安を先陣に。そして所領は、その後に頂戴したいと考えております」（徳川家康は桶狭間の戦いの後、名を松平元康から松平家康に改め、この永禄九年には松平から徳川姓に改姓し、徳川家康を名乗っている）

「面白い。わかった、今回の褒美は金子でとらせる。のち程そちらに相応の金子を持っていかせるが驚くな」

信玄は苦笑しながら宗安に言った。

「はは、楽しみにしております」

宗安は深々と信玄に頭を下げた。


宗安は、上泉伊勢守信綱に「侍の道は高名と財で評価がされるが、剣の道は、剣の心とその心が生みだす技で評価される」と言った際、地位や財のために命のやり取をする戦はつまらんと、自分でも思い始めたのである。

おそらく長く牢人衆として信玄に仕え、自分のその自由な立場を改めて認識したのであろう。所領をもらい信玄の家来となれば、気に入らないことがあっても簡単に武田家を離れることもできない。お役所勤めが始まるのだ。

(那波家は顕宗がいればもう大丈夫だ。武田家の正式な家来となると新参者は肩身が狭い。それに、へたにここで武田の正式な家来となれば、後々謙信めに仕えている顕宗にも迷惑が掛かろう。わしは、もう少し自由にやらせてもらう)

と、宗安は考えたのである。

「それから、もうひとつお屋形様にお願いがございます」

宗安は頭を下げたまま続ける。

「信長や家康との戦では、さらに多くの兵が必要となりましょう。長野家の家臣のなかのいくらかを牢人衆で預かることをお許しください」

「承知した。長野の残党狩りもすぐにやめさせ、望む者があれば武田家に仕えさせよう。悔しいがあの業正が育てたやつらだ、徳川・織田との戦には十分に役に立とう」

宗安の申し出を信玄は快諾した。

長野業盛の弟業親の子らの一部は生き延び、武田家に仕官をしている。そして武田氏の滅亡後は、箕輪城に入る徳川氏の家臣井伊直政に従い、後の彦根藩の重臣になった者もある。井伊直弼の学問の師である長野主膳は、箕輪長野氏の後裔であるという説がある。


「宗安、そのほう近頃は無理を承知で敵陣に切り込む所から、那波無理之介と呼ばれているそうだな」

「はっ、恥ずかしながら、なかにはそう呼ぶ者もおります」

宗安は再び頭を下げ、信玄に答えた。

「京にのぼるまでは、無理はほどほどで頼むぞ」

と、信玄に言われ、宗安は再び「ははっ」と恐縮し頭を下げ、論功行賞の場は終わった。


その夜、宗安は真田信綱にお礼を言うため、信綱の所へ足を運んだ。信綱は父の幸隆と酒を飲んでいた。

「信綱殿、この度はいろいろとありがとうございました。おかげで、お屋形様から直接お褒の言葉を戴けるような手柄を挙げることができました」

宗安は信綱に深々と頭を下げた。

「礼は父上に言え、わしは父の指図にしたがったまでよ」

信綱は、横の幸隆に目配せしながら宗安に言った。

「勝頼様に申しあげても、おそらく聞き入れてもらえんだろうからのう」

幸隆は二人を見ながら、うっすらと笑いながら言った。

「じゃが、宗安殿ら牢人衆だからこそうまくいったとわしは思っておる。まあこちらへきて一緒に飲まんか」

幸隆は宗安を近くに呼んだ。幸隆は、今までの宗安ら牢人衆の戦いぶりから、高浜砦を落とすことは十分可能だと見ていたのだ。

「宗安殿、なぜ所領を断った。牢人から足を洗うには良い機会だった筈だが」

宗安に酒を注ぎながら幸隆は聞いた。

「出る釘は打たれますからな。それに山本勘助様が苦労しておったのを良く見ておりましたので。所領はもっと大きな手柄の後にもらうことにしました」

この時、山本勘助は既に川中島の戦いにて討死している。山本勘助も牢人あがりである。

「宗安殿、わしも所領をもらうのは早いと思っておった。しばらくの辛抱じゃ、箕輪城が落ちたことで、この後上州もだいぶ変わるはずじゃ」

幸隆は盃をあけながら言った。

後に、箕輪城に城代として入る真田幸隆には、今後の上州の勢力関係が、どの様になっていくのかがお見通しのようだ。

宗安が西上州にでも所領を持ったら、謙信と那波の関係もいろいろとゴタゴタする。場合によっては、宗安と那波を巻き込んでの戦が起こる可能性もあった。必ず何かひともめ起こった筈だ。そう幸隆は見ていた。

もっとも幸隆は、信玄がそれを考え、あえて武田家から宗安に所領をやろうと言ったのかも知れないとも思っている。宗安が所領を断ったのは賢明な判断であったのだ。

箕輪城が落ち、西上州が信玄のものになったことから、今後はますます上州での謙信の影響力はなくなっていく。いずれは東上州も武田、あるいは北条の勢力下になると幸隆は見ている。そして甲相同盟も、いつまでも続くとは限らない。

「ところで、わしからも宗安殿へ何か褒美をと考えているが、いかがかな」

幸隆は、盃の酒を気持ちよさそうに一気に飲み干し宗安に聞いた。

「めっそうもない。このたびの手柄、半分以上は幸隆様のおかげでございます。お屋形様からの褒美をもらえるので十分でございます。逆に、こちらの方こそ幸隆様に何かお礼をと考えております」

「そう言うな宗安、もらえる物はもらっておけ、めったにないぞ、父上が褒美をくれてやると言うなんて」

横で酔いのまわってきた信綱が、ちゃちゃを入れる。

「そうじゃ、最初で最後かも知れんぞ」

今日の幸隆はだいぶ機嫌が良い。幸隆を抜きにして武田の西上州制覇はなかったからである。おそらく西上州が武田家のものになったことで、信玄から格別のねぎらいの言葉と大きな褒美があったのであろう。

しばらく思案して宗安は、

「それでは、いま穴山源覚殿にお世話になっている揺鉢山城を、伊勢崎城と呼ぶことをお許し戴けないでしょうか」

「たったそれだけか、それでいいのか」

幸隆は拍子抜けした。となりの信綱は驚いて酒を噴きこぼしている。

「はい、それで十分でございます」

と、宗安は笑いながら盃の酒を一気に飲み干した。


永禄三年（一五六〇年）の越後勢の那波攻めの後、広瀬川東側の旧那波氏の領地と赤石城周辺は由良成繁に与えられていた。成繁は赤石郷からその一部を伊勢神宮に寄進し、伊勢宮を守護神とした。それ以後、赤石郷は「伊《い》勢《せ》の前《さき》」と呼ばれ、そして「伊勢の崎」から現在の「伊勢崎」と呼ばれるようになったと言われている。

那波から宗安を頼って真田の庄へ来た者から、宗安は赤石郷が伊勢崎と名を替えられたことを知り、揺鉢山城城の名前を伊勢崎城と替えることの許しを幸隆にお願いしたのである。

この身は甲斐信濃にあっても決して那波のことは忘れず、心は那波にあり。そして、由良成繁から伊勢崎を必ず取り返すという決意の表れであろうか。

「宗安殿は、おいおいお屋形様に呼ばれて甲府へ行くことになろう。次は、おぬしが言った通りに徳川や織田が我々の相手となる。伊勢崎城へいられるのもあとわずかだぞ」

幸隆がそう言っていた通りに、牢人衆の規模も大きくなったことから、宗安はその翌年早々には、信玄の命で甲府に移ることになる。

十一　混乱の上州と信玄の上洛

さて那波の状況である。

既に述べたように、越後勢の那波攻めの翌年、顕宗は上杉謙信のもとで元服を済ませている。そして、その翌年には上杉謙信の家臣・厩橋城主北条《きたじょう》高広の妹を正室とする。それを機会に高広は謙信の同意を取りつけ、顕宗に那波城に入ることを許した。

しかしながら箕輪城が落城した永禄九年（一五六六年）の十二月には、越後勢の上州での影響力が極端に衰退し、ついに東上州の由良成繁が上杉謙信を見限り北条氏康に従属する。

その翌年の永禄十年の二月には、佐野城の佐野昌綱も北条方となる。謙信は何とか兵をやりくりし、由良討伐、佐野討伐の軍勢を関東に繰り出すが、思った様な戦果を上げることができなかった。

さらにその年の十月には、北条氏康、武田信玄が共に厩橋城の北条高広を攻める。甲相同盟は有効に働いている。

高広は謙信の救援もあり、何とか北条と武田の連合軍を退けることができたが、謙信が上州に残した最後の拠点である厩橋城を失うのは、誰もが時間の問題であると見ていた。

そして北条の圧力に屈し、ついに北条高広までもが北条方となる。当然ながら、那波城の顕宗も北条高広と行動を共にする。

氏康と信玄により、ついに謙信の影響力は関東から完全に締め出されてしまったのである。そして東上州の諸豪族は北条方に、西上州は武田方に組み込まれることになる。謙信は大いに面目を失った。


この永禄十年には、信玄の嫡男義信が自刃をしている。

義信は今川氏真の妹を妻としており、今川との同盟を破棄し駿河に攻め込もうと考える父信玄と、激しく意見が対立していた。

それが原因となり、義信の傅役の飯富虎昌、側近の長坂昌国、曽根周防守らが信玄の暗殺を企てるが、それが露見し処刑されてしまうのである。その際、さらに八十人の義信の家臣達が追放処分となったとある。

義信はその謀反に加わったとされ、甲府の東光寺に幽閉された。今川氏真は義信の幽閉中にその釈放を願い、駿河から甲斐への塩止めを行ったが何の効果もなく、結局義信は自刃に追い込まれてしまう。

そして翌永禄十一年(一五六八年)の末、信玄はついに駿河攻略軍を発し、府中を攻略し今川氏真を掛川城へ追い落とす。

しかし、ここでひとつ信玄の誤算があった。今川氏真が北条氏康の娘婿であったのだ。氏康は、信玄の駿河攻略を受け入れなかった。そして、氏康は徳川家康と組み、信玄包囲網を形成し、何と上杉謙信に対しても同盟を呼びかける。

翌永禄十二年（一五六九年）に、氏康と謙信により越相同盟がなり、氏康の七男北条氏秀（のちの上杉景虎）が謙信の養子として越後へ送られる。そして北条・徳川・上杉による信玄大包囲網が形成されることになる。

越相同盟が結ばれる際には北条高広もその締結に尽力し、それが結ばれた後、北条高広と那波顕宗は、再び上杉謙信に帰属することが認められる。


こうして甲相同盟は、信玄の駿河攻めにより破綻した。

信玄の駿河攻めは、嫡男義信を失うと共に武田家内部に大きな遺恨を残し、武田家を危機に落としめただけであった。

越相同盟を結んだ氏康の動きに対し、信玄は北条攻めを決意する。北条方の武蔵鉢形城（寄居町）、滝山城（八王子）を攻め、厚木・平塚経由にて軍を進め小田原城を包囲する。氏康と氏政は、小田原城の守りに絶対の自信があり、かつて謙信の越後勢に対したのと同様に籠城策を取った。

しかしながら信玄は、小田原城での長期戦を避け、四日後には城の包囲を解き甲府に戻る。その帰路の甲州勢に対し、三増《みます》峠での挟み撃ちをもくろんだ氏康であったが、逆に甲州勢に散々に打ち負かされてしまう。

甲府に帰った信玄は、その後たびたび関東に侵攻し、北条綱重の蒲原城を落とし、伊豆韮山城を攻め、北武蔵を荒らし、さらには駿河の深沢城を落とし、安房の里見氏や関宿の梁田氏とも連携し反北条包囲網を形成していく。

このように、武田勢の北条方への攻勢が至る所で激しくなり、北条方はその対応に追われることになる。北条氏康は、越相同盟をものともせず攻勢を続ける信玄を、そうとう手ごわい相手と感じた筈である。

そうしたなか、元亀二年（一五七一年）北条氏康が死去する。氏康の遺言により、越相同盟は解消される。再三の氏康の援軍の要請に対し、謙信の対応がにぶかったのが原因と言われている。これに対し、今度は謙信が報復として上州の各地での放火・略奪・暴行を起こすなど関東の混乱は続いた。

そして北条氏は、再び信玄と同盟を結ぶことになる（第二次甲相同盟）。めまぐるしく北条・上杉・武田の勢力図が変わり、その都度上州の豪族らに多くの混乱があったことは言うまでもない。

元亀三年（一五七二年）十月、第二次甲相同盟を結び、北条に背後を脅かされることがなくなった信玄は、ついに満を期して上洛の軍を発した。

信玄は、越相同盟を結んだ北条・上杉に対抗することで多忙であったにもかかわらず、近畿を制圧している織田信長に対し、越前の朝倉、近江の浅井、大坂の石山本願寺、伊勢長島の一向一揆、大和の松永弾正、延暦寺などと信長包囲網を着実に形成していたのである。

信玄は、山県三郎兵衛に五千、秋山信友に五千の兵を率いさせて先発させ、自らは三万の兵を率いて堂々と遠江に侵攻する。北条からの援軍一千も同行している。

後ろを脅かす謙信への備えとしては、川中島の海津城に兵五千を入れ、越中の椎名一族と一向一揆衆には越中での騒乱を、常陸の佐竹義重には関東での騒乱を起こさせている。信玄に抜け目はない。

信玄は、まずは浜松城からは目と鼻の先の二俣城を落とす。対する家康は、信長の援軍三千と共に総勢一万一千で浜松城にて籠城をする。

信玄は、まずは浜松城を包囲する姿勢を見せながらも、浜松城とは目と鼻のさきの三方ヶ原へ方向を変え、のらりくらりと三方ヶ原を下り、浜松城を素通りするそぶりを見せた。

三万を超える大軍勢が長い坂道を下っていくため、甲州勢の隊列は細く長く伸び、甲州勢を追撃する絶好の機会となった。家康は、このまま籠城を続けるか、それとも城を打って出るべきか大いに悩んだ。

そして、ついに家康は浜松城を打って出る。

武田勢に自分の領地を好き放題に荒らされても城に籠もり、亀のように首を縮め時間が過ぎるのをただ待つことが許せなかったのである。

もちろん信長の目も気になるが、このまま武田勢に怯えて何もしなければ、今は徳川に従っている中小の豪族や領民からも愛想を尽かされ、やがては見捨てられてしまうことを恐れたのである。

信玄に率いられた甲州勢がいかに強力であっても、三方ヶ原を下っている武田勢を攻撃すれば、少なくとも信玄に一矢報いることができる。そう家康は考えた。

しかし、さすがの信玄は、浜松城から家康が打って出てくるのを読んでいた。三方ヶ原の合戦は、そんな家康の心を読んでの信玄の巧みな罠であったのだ。

家康は、結局は三方ヶ原にて大惨敗する。しかしながら、これにより徳川家中の結束は守られることになる。


信玄は、家康が浜松城から繰り出してきたとの報告を受けると、すぐに迎え撃つ体制を整えさせる。家康が思っていた以上に甲州勢は良く訓練されている。大軍団にもかかわらず、あっという間に三方ヶ原に魚鱗の陣形を敷き、徳川勢を迎え撃つ体制を整えた。

家康は、思いのほか甲州軍勢の体制が整うのが早いのをみて（やられた、これは信玄の罠だ）と後悔したが、もう浜松城へ引き返すことはできない。へたに退却を始めたら、徳川勢は全滅の危機に陥る。あわてて、少しでも人数が多く見える鶴翼の陣を敷き、甲州勢と向かい合う。

家康は、できれば全面的な合戦を避けたかった。しかし信玄はそれを許さなかった。甲州勢の石礫《つぶて》に徴発され、それに怒った徳川勢の最前列の酒井忠次、石川数正の軍勢が甲州勢の小山田信茂の部隊に突撃し、戦いの火ぶたが切られてしまう。

緒戦は、徳川方が小山田隊を押し込んだが、乱戦になると所詮は多勢に無勢である。徐々に押し込まれ、家康自身も槍を持って戦わなければならないほどの乱戦となった。

ついに家康は、みずからの騎馬も倒され、配下の夏目正吉の馬を借り、ようやく浜松城へ逃げ帰ることができた（その夏目正吉は、討死をしている）。この時、城に戻った家康が脱糞していたのは有名な話である。

戦いは徳川勢の惨敗となり、わずか二時間程度で終わってしまった。いかに一方的な戦いだったのかがわかる。

徳川勢は戦死者千二百名、甲州勢は戦死者四百名と言われている。徳川方は、鳥居信元、成瀬正義、米津政信、松平康純、夏目正吉などの多くの武将が討たれ、信長からの援軍であった平手汎秀も討死している。対して甲州勢の武将級の討死は誰ひとりいない。家康の完敗であった。

信長は怯えた。

永禄八年（一五六五年）に勝頼の妻として自身の幼女を送り、その後も臆病なほど、信玄との関係に信長は気を遣っていた。信玄の六女お松と信長の長男信忠との婚約も結んでいる。

情報力に長けた信長のことである、おそらく謙信や氏康を相手にした信玄の軍略、統率力、政治力の凄さを十分に認識していたのであろう。

しかしながら、今その信玄との戦いが、刻一刻と我が身に近づいてきているのである。すでに東美濃では、信玄配下の秋山信友に岩村城を落とされている。

信玄は三方ヶ原の合戦の後、浜松城とは目と鼻のさきの刑部《おさかべ》にて、家康の存在を無視するかの様に堂々と正月を迎えている。そして三方ヶ原の戦勝報告を浅井・朝倉などの武将や本願寺などに送っている。

そして正月明け早々信玄は動く。次の標的は野田城である。城方は籠城戦を試みたが、信玄は城を囲むと、鉱山の金掘衆を使い水の手を断った。これにより野田城は、二月十日に早くも降伏開城してしまう。そして、いよいよ織田勢と武田勢との合戦の時が近づいてくる。

しかし、何故かここで甲州勢の足が止まる。信玄の病状が悪化したのである。信玄は野田城を落とした直後から、たびたび喀血をしたという。そのため信玄は、長篠城において療養し、ついに甲州勢は甲府に撤退することとなる。

四月十二日、信玄は臨終の時を迎える。臨終の地は『小山田信茂宛御宿堅物書状写』によると、三州街道上の信濃国駒場（長野県下伊那郡阿智村）であるとされている。

享年五十三歳であった。戒名は法性院機山信玄。

辞世は、

「大ていは地に任せて肌骨好し紅粉を塗らず自ら風流」。

『甲陽軍鑑』によれば、信玄は遺言にて自身の死を三年間秘し、勝頼に対しては信勝の継承までの後見とし、越後の上杉謙信を頼ることを言い残したとある。そして重臣の山県昌景、馬場信春、内藤昌秀らに後事を託した。

最後に山県に対し「源四郎、明日は瀬田に旗を立てよ」と言い残し、臨終を迎えたとある。

さて、ここに一つの疑問がある。信玄は甲府を発ってから、およそ半年で亡くなっている。信玄の死因は、結核とも胃癌とも言われている。信玄は、自分の死期を悟らなかったのであろうか。悟っていたにもかかわらず、信長との悪くない関係を一方的に破棄し、上洛を目指したのであろうか。死期を悟っていれば勝頼への引き継ぎの準備として、もっとやるべきことが他にあったのではないかと思ってしまう。

信心深い仏教徒である信玄は、比叡山焼き討ちなど、信長の目にある仏教徒への弾圧が許せなかったのであろうか、それとも単なる老害で正常な判断ができず、なかば強引に上洛の夢を果たそうとしてしまったのであろうか。それにしては三方ケ原の戦いなど、あまりにも見事である。

そこでひとつの伝説がある。信玄が野田城で毎晩聞こえる笛の音におびき出され、鉄砲で狙撃されたという伝説である。

いずれにしても、信玄の死によって、そのつけを全て払わされるのは、次の武田家を継承した勝頼となる。

話は那波に戻る。

顕宗は、北条氏康と上杉謙信の同盟が結ばれた後、再び上杉謙信に仕える。しかしながら信玄が亡くなった天正元年（一五七三年）には、再び北条氏に従属することになる。

天正二年（一五七四年）、関東の勢力挽回を考え謙信が越山した際には、那波は北条方に属し諸城を固めて上杉勢の来襲に備えている。

この年の北条氏照から那波顕宗への書状には、那波城・茂呂城を固め、謙信の攻撃に備えるように顕宗に指示がなされている。また玉村の宇津木氏へは、今村城に入り那波の配下に付くように指示がなされている。この時の那波家中は意気盛んであったようで、氏照が当初那波の守りに不安を抱いていたが安心しているとの記録がある。

そして、この天正二年の出陣を最後とし、謙信の関東への越山は途絶えることになる。

十二　そして長篠

さて信玄が亡くなった後の武田家であるが、勝頼が後を継ぐ。

勝頼は、もともとは諏訪家を継いでおり、諏訪四郎と名乗り高遠城主となっていた。しかし、信玄が嫡男義信と対今川の政策で対立したことから義信は廃嫡され、その後自刃する。

この義信事件の後、勝頼を取り巻く状況が大きく変わり、勝頼は次期武田家の当主として甲府に入ることになる。

勝頼は、一軍の大将であるにも関わらず、北条への小田原城攻めや三増峠の戦いでは、自ら槍を持って敵将と渡り合い、その他の合戦においても、一騎討ちや無理な突撃を度々行い、その無鉄砲さを信玄から匹夫の勇であると叱咤されたとある。勝頼の周囲の意見を聞き入れず、武勇を好む性格を伺い知ることができる。

勝頼は信玄の死後、正式に武田家の当主となるが、勝頼の周囲に気を配らないその性格（若いがゆえにかと思うが）と共に、勝頼に伴い多くの諏訪衆が甲府に乗り込んできたことに不満をもつ者は多かった筈である。現代であれば、系列会社が本社の機能を乗っ取った様なものである。主流派と反主流派が入れ替わり、至る所で組織の軋轢が生まれる。うまく行く筈はない。

また信玄の遺言では、勝頼の子信勝が十六歳になった時に武田家の家督を継がせよ、などと勝頼の立場をあいまいにし、また勝頼には風林火山の旗印を使うことを許さなかったとある。およそ信玄らしからぬ最後の采配である。

このように勝頼の持って生まれた性分、若さの問題、勝頼の武田家での立場のあいまいさ、武田家内部の組織的な対立などを抱えながら、武田家は、織田・徳川勢と対峙していくことになる。

これはひとえに、信長との良好な関係を一方的に破棄し、上洛を目指した信玄の大きな負の遺産である。せめてもう少し、勝頼が武田家中を掌握する時間があればと悔やまれる。

信玄の死は、すぐに周囲に知れてしまい、織田・徳川の対武田への攻勢が強まってくる。

勝頼は、信玄が亡くなったその年の十一月、一万五千の兵と共に木曽路から遠江に入り、織田・徳川勢に対し反攻を開始する。そして翌年早々には、東美濃の明智城とその周辺の諸城を落とし、武田家の健在を周囲に知らしめる。

甲斐から東美濃の明智城までは、およそ二百キロ、岐阜からは四十キロ程度である。信長が勝頼の目的が東美濃か三河かと思案しているうちに、勝頼は想像していた以上の速さで岩村城に入った。勝頼も家臣らも信玄亡き後の初戦であり、織田勢なにするものぞと、戦意が高いことがそれを可能とした。

信長は明智城を失うことの重大さを危惧し、息子信忠、明智光秀と共に三万の軍勢にて、明智城の西の鶴岡山に陣を張り、包囲された明智勢と連携して武田勢に対抗しようとした。

しかしながら、山岳戦では鉄砲もろくに役に立たず、武田の木曽軍団に織田方は散々に痛手を被った。

『明知年譜』には、三万の軍勢の織田軍が布陣すると、山県昌景隊六千が織田の前衛部隊に攻めかかり、その攻撃にたまらず前衛部隊が壊滅し、織田勢はやむなく兵を引いたとある。

そして、織田勢が木曽勢との山岳戦や山県隊に苦しんでいるうちに、武田方の調略により明智城内部で謀反が起き、ついに明智城は武田方に降伏してしまう。

明智城を攻略した勝頼は、次に三河を伺う。足助《あすけ》城を包囲し、家康か信長が救援にのこのこと来るのを待ち構え、叩こうと策をめぐらせた。

しかし信長は、明智城での手痛い敗戦から用心し、出てくることはなかった。また、家康も勝頼との直接対決を恐れ、三河ではなく遠江の犬居城方面に兵を繰り出し、犬居城救援に動く二俣城の攻略を考えた。そして、結局見捨てられた足助城は降伏してしまい、また犬居城攻略の徳川勢も敗北する。

こうして信長・家康は、初戦では勝頼に完敗であった。それに対し、連戦連勝の武田勢の士気は大いにあがった。

これらの戦いによって、勝頼率いる武田勢に対しては、十分な策が必要だと信長は深く考えさせられたのだ。

高天神城は、浜松とは四十キロ程度の目と鼻の先の遠州中南部の要衝である。あの信玄でさえ落とせなかった断崖の上に築かれた要害堅固の城である。次に勝頼は、この高天神城に矛先を向ける。家康は、単独ではとても武田勢へ対抗はできぬと信長へ援軍を要請し、信長も後詰を約束し、勝頼を高天神城で挟撃しようと策を練る。

信長は高天神の後詰には、鉄砲を駆使することが不可欠であると考え、できる限りの鉄砲を準備し、七月初めの梅雨明け（太陽暦では、七月末）まで、高天神城に何とか持ちこたえてくれと願った。大量の兵糧も、尾張大野の佐治氏に船を使い輸送しろと指示を出してある。しかし信長の意に反し、武田勢の猛攻を受け、高天神城はあえなく六月十八日に降伏してしまう。

浜名湖の今切《いまぎれ》の渡しまで出兵してきていた信長は、高天神城降伏の知らせを受けると三河吉田城に入り、浜松城から来た家康と、今後の対武田の策を二日間に渡り練ることになる。

信長は高天神城にて、勝頼との合戦に及べなかったことがよほど悔しかったらしく、『信長公記』では、「今度合戦に及ばざる事、御無念に思召され候」と述べたとある。

また、天正二年六月二十九日付の信長から上杉謙信への書状では、「四郎（勝頼）は、若輩に候といえども、信玄の掟を守り、表裏たるべきの条、油断の儀なく候」とある。

あの信玄も落とせなかった高天神城を落としたことにより、勝頼の武名は大いに上がった。武田家中も、二代目の勝頼を中心にうまくまとまりつつあった。

しかしながら信長は、九月に長島一向一揆を総攻撃し壊滅させている。また越前の朝倉氏、近江の浅井氏は、天正元年（一五七三年）八月に既に信長に滅亡させられている。従って信長包囲網は、後に続く長篠の戦いの時には、既に機能していなかったのである。

次に勝頼は、二万の兵を率いて遠江に出陣し家康を悩ませたが、大きな成果を得ることはできず莫大な軍事費を消費している。二万の兵で二か月間の出兵は、現代の価値でおよそ二億七千万円の出費にあたるという。

織田・徳川との戦いでは、経済力の差が勝敗に大きな影響を与える。既に畿内を平定している信長に対し、勝頼のこの点での不利は否めない。当時の石高は、信長は四百万石、家康は五十万石、勝頼は百三十万石である。

また勝頼が勝ち続けることにより、勝頼は側近衆からの意見を重視し、信玄からの宿老達を遠ざける傾向も見られるようになってきた。高天神の祝勝会では、高坂昌信と内藤昌豊がそのことを嘆いたと記録にある。武田家の負のスパイラルが徐々に始まりつつあった。

高天神城が落ちた天正二年の六月、奥三河を本拠とする奥平貞能・貞昌親子が武田方から徳川方に再度寝返った。

家康は翌七月には、高天神城落城の際に三河吉田城にて信長と話し合った策の通りに長篠城を攻め、二か月間の籠城戦の後、武田方の城主菅沼正貞を降伏させ、長篠城にこの奥平貞能・貞昌親子を入れる。

奥平貞能は、武田から徳川に寝返った際、人質が見せしめのために勝頼に殺されており、そうは簡単に武田方には降伏しないと家康は考えたのである。

奥平氏は、もともとは現在の群馬県甘楽郡吉井町下奥平の出身である。初代貞俊は、天授年間（一三七五〜一三八〇年）作手村川手の領主山崎三郎左衛門高元を頼り作手に来たと言われている。奥平氏は、長篠の合戦に至るまで、今川、徳川、武田の間で従属先を目まぐるしく変え生き延びてきていた。

勝頼は翌天正三年（一五七五年）、四月、一万五千の兵を引き連れ遠江・三河へ、対徳川の侵攻作戦を開始する。その手始めとして、長篠城の奪還を目指した。対する長篠城の奥平貞能は、家康からの援軍を含め五百の兵で長篠城を守る。

奥三河（現愛知県新城市）の長篠城は、寒狭川《かんさ》（現在の豊川）と大野川（現在の宇連川《うれ》）が合流する場所に突き出した断崖絶壁の上に築かれている天然の要害堅固な城である。またこの城は、寒狭川に沿った伊那街道、大野川に沿った別所街道が交わる交通の要路でもある。

長篠合戦時の勝頼の一万五千の動員は、あくまでも、対徳川との闘いを想定した動員であった。しかしながら長篠城の包囲戦を始めると、勝頼の耳に信長の軍が来援するとの情報が入ってきた。

勝頼は、この機を逃すまいと、およそ一万の援軍を甲斐信濃に急遽指示をした。

勝頼にしてみれば、明智城、高天神城そして遠江での戦いと、武田勢の強さを存分に見せつけたが、信長と家康には決戦をうまく避けられてしまった感があった。

浅井・朝倉が滅ぼされ信長包囲網が機能していない今、石山本願寺と三好勢が機内にて、何とか反信長として対抗している間に、領土を次々と拡大している信長を叩いておかねば取り返しのつかないことになるとの勝頼の焦りがあった。

勝頼は、長篠城をすぐに落としては、信長と家康が兵を引いてしまうと考え、ここは一気に城を落とさず、信長・家康の来援まで城を包囲し、決戦の前に城を落とせばよかろうと考えた。

勝頼は、長篠城を攻めるにあたり、多くの砦をその周囲に築いていた。その一つの鳶ヶ巣山砦に、武田信玄の弟信実《のぶざね》と共に宗安はいた。信実は、この戦いに弱冠十二歳の息子信俊を初陣として連れてきている。

「宗安、うかない顔をしているな」

信実は、長篠城を大野川で隔てた南の山裾にある中山砦、久間山砦、姥ヶ懐砦、君ヶ臥床砦も任されている。

牢人衆を束ね中山砦を守る宗安は、信実の鳶ヶ巣山砦を訪ね、砦の見晴らし台の上から一人長篠城を見下ろしていた。

「こんな所に押し込められては、今回も戦をせずに甲府に帰ることになりそうですわ」

宗安は、つまらなそうな面持ちで信実の方を振り返った。

宗安ら牢人衆は、東美濃や高天神の戦いでも後方に置かれ、たいした手柄をあげずじまいであった。勝頼が信長・家康との戦いの主導権を取ってからは、牢人衆は目立った活躍の場を与えられていない。

「どうも、あの箕輪の合戦以来、お屋形様（勝頼）とはしっくりしておりません。牢人衆は裏方扱いですわ。いつも手柄を上げる者は決まっておるようですし」

勝頼の側近の諏訪衆ばかりが手柄をあげていることを、宗安は皮肉った。

宗安は、信実ら御親類衆や譜代の山県昌景、馬場信春、内藤昌秀なども、勝頼から遠ざけられているのを知っている。武田家は、今は勝頼側近の諏訪衆を中心に回っているのだ。

その様な状況下であるがゆえに、特に御親類衆筆頭の穴山伸君は、自分より五つも歳が若い勝頼を何かと軽んじている節がある。


穴山氏は、南北朝時代に武田氏から枝分かれしている武田御親戚衆筆頭の家柄である。信虎の時代には、当初は信虎に敵対していたが、信虎が甲斐を統一するにあたり穴山氏は武田家に従属するようになる。そのような経緯からか、穴山氏には武田家に従属というよりは、連合した領主という思いがあったようである。

穴山氏は、伸君の父信友の代に信虎の娘を妻に迎え、信玄の義理の兄弟となり、武田家との関係強化に努めている。

「まあ、そんなに悔しがることもあるまい。今朝ほどのお屋形様からの知らせでは、信長が長篠城の後詰に出てくるとのことじゃ、ひょっとしたら大戦になるかも知れん」

「それは誠でございますか。ようやく、あの信長との戦になりますか。しかしながら、こちらの手勢は一万五千程、ちょっと寂しくはありませんか」

「ああ、今回は長篠城と後詰の家康を叩くつもりの出兵だったからな。しかし心配はあるまい。お屋形様は、既に甲斐信濃の各地に援軍の要請をしておる。信長・家康をこの機会に叩くつもりじゃ。我々も信長との決戦前には、早々に長篠城を落とし本隊に合流しなければなるまい」

「是非そうしたい所ですな。そろそろ手柄をあげないと、お役御免になりそうですわ。何しろ、最後の手柄はあの三方が原ですから」

「三方が原か……宗安、あまり無理をしないようにな」

信実は三方が原の合戦を思い出し、苦笑した。

宗安は、三方が原で信玄が何としても家康の首を取れと望んだので、追撃戦で突出してしまい、徳川勢の殿《しんがり》部隊の重囲に陥り、命からがらの所を信実に助けてもらった大きな恩がある。宗安にとっては、いつも鼻高々な御親類衆は嫌いな人種の部類であるが、信実だけは違った。

「まあ、今回は三方が原の大きな借りもありますので、拙者の手柄は二の次として、信俊殿の初陣を飾るお手伝いをしなければと思っております」

宗安は、信実の隣の信俊の肩をぽんと叩き、その視線を、西の織田勢が来ると思われる設楽原の方向に向けた。

宗安の任されていた中山砦は、現在新東名高速道路のため無くなってしまっているが、新しく中山砦歴史公園が建てられ、中山砦跡の碑が移されている。インターネットでは、長篠城から見た中山砦の古写真を検索することができ、当時の姿を想像できる。

長篠での勝頼は、二つの川が合流する所を見下ろせる長篠城北の医王寺山に本陣を構えた。そして一万五千の軍勢で城を囲んだ。医王寺山に本陣を置かれてしまうまでに追い込まれた長篠勢は、まさに喉元に刀を突き付けられた危機的な状況である。

武田勢に囲まれた兵五百の長篠城は、周囲を谷川に囲まれた要害堅固な地形と、信長から送られた二百丁の鉄砲で何とか持ちこたえているが、既に外郭は武田勢の侵入を許し、数日以内の落城は必至の状況にまで追い詰められていた。

勝頼は長篠城の取り扱いを思案した。

長篠城を力攻めで早くに落としてしまえば、信長・家康は決戦を避け引き返してしまうだろう。また武田勢の被害も大きい。逆に城を落とすのに手間取れば、信長・家康の援軍が来た時、後ろを長篠勢に脅かされてしまう。少ない手勢でも、敵を後ろに置きたくない。

信長・家康の援軍の存在を知らない今、長篠城の士気は低い。できれば信長・家康の援軍を十分引きつけた後、最低限の損害で長篠城を落としたいところである。

武田方では、長篠城に対しての内部からの寝返り工作も進めている。城を任されている奥平貞昌は徳川方への寝返りの際、勝頼に人質を殺されているところから寝返りは無理であろうが、その周囲の者に対しては十分な感触があるとのことである。勝頼は、寝返り工作を急がせた。

しかし、ここに来て大きな誤算が生じた。鳥居強右衛門《すねえもん》なる者が寒狭川を潜って進み、武田勢の厳重な警戒線を突破して岡崎城の家康へ長篠城の窮乏を訴え、合わせて援軍の要請をしたのである。

強右衛門が岡崎城に着いた時には、すでに岡崎城には信長の大軍勢が到着しており、家康の手勢と共に長篠へ出撃する態勢を十分に整えていた。強右衛門はそれを直接目にする。

強右衛門は、すぐに信長と家康との面会を許され、翌日にも信長・家康の大軍勢が長篠城救援に出陣することを直接知らされた。

強右衛門は、この報告を一刻も早く長篠城に伝えようと城へ引きかえす。が、城に入る目前で、武田の警備の兵に捕らえられてしまう。

強右衛門は、豪胆にも自分は長篠籠城軍の密使であることを武田の警備の兵に堂々と告げた。武田方は強右衛門のその豪胆さを見て、命は助け褒美もやる、その代わりに長篠城の前で「援軍は来ない。あきらめて早く降伏しろ」と叫べ、との取引を持ちかけた。強右衛門は意外にも、これをあっさり受け入れた。

翌朝、寒狭川をはさんだ長篠城の前に、褌《ふんどし》ひとつで磔つけにされた強右衛門が現れた。

強右衛門は、集まった長篠城の城兵に向かい、

「あと二、三日で数万の織田・徳川勢が救援にやって来る。それまで何としても持ちこたえよ」

と、城に向かって大声で叫んだ。

武田方はこれに驚き、強右衛門をすぐに突き殺す。しかしながら、長篠城を守る将兵の士気は大いにあがった。武田への寝返りを密かに考えていた者も、強右衛門の最後を直接目にしたことから大いに意気を感じた。

これによって勝頼の目論見は、大きく狂ってしまう。織田・徳川勢を前にし、長篠城を背にしてしまうことになったのである。

やがて織田・徳川の軍勢は、長篠城の西およそ四キロの所にある設楽原に着陣した。

この一帯は木の生い茂った小さな丘がいくつも連なり、その丘がいくつもの窪地を作っている。平野部は連吾《れんご》川を挟んだ川に沿ってわずかな幅があるだけである。

信長は、すぐに長篠城の救援に向かわず、連吾川に沿って、木の柵や空堀や土塁をめぐらせ陣地を構築させ始めた。

その報告を受けた勝頼は、やはり信長は決戦を避けたいのか……と見た。

長篠に到着する前、信長は得意の情報戦により、六万の大軍を率いて長篠に向かうと大きく周囲に宣伝をさせている。しかしながら実際には、信長の動員は三万八千である。

当時の信長の知行を四百万石と考えれば、信長は最大十万の兵の動員が可能である。浅井・朝倉や長島の一向一揆は既に信長に滅ぼされており、信長包囲網は崩壊している。唯一、機内で本願寺と三好勢が信長に対抗しているが、かつての勢いはもうない。

武田の諜報網は信玄の時代から優秀であった。どうも信長の兵が風評より少ないと感じ、勝頼に報告した。

勝頼は、信長得意の情報戦により大軍が向かっていると見せかけ、実は武田勢との決戦を嫌い、武田勢を長篠から甲斐に退却させようと目論んでいるのではないかと疑った。

織田・徳川勢には、今まで東美濃や遠江でも武田勢は負け知らずであり、信長には何度も決戦をうまく避けられていたとの印象を勝頼が持っていたからである。

勝頼は、信長は家康の頼みで長篠城の救出に渋々重い腰を上げた程度と見ている。また軍勢の数も、信長は本願寺と三好勢への対応で、そう多くは集められない筈であるとも考えた。

しかしながら、長期戦となると思われた機内での本願寺と三好勢との戦いは、半年余りで収束してしまい、家康からの出兵の要請時には、信長は京から岐阜へ既に戻ってきており、十分な兵力で勝頼との一戦を準備することが可能であったのである。

信長にしてみれば、長篠から武田勢が引き上げてくれれば、今回はそれで十分に面目は立つ。隙があれば、武田勢の引き上げの隙をねらい追撃戦を行う。武田勢が決戦に挑んでくれれば、それを柵や土塁で構築した陣地から鉄砲で叩く。勝てぬまでも負けぬ戦を考え、鉄砲と弾薬を十分に用意しての長篠への出陣である。

天正元年（一五七三年）の朝倉攻めは、織田軍総勢三万に対し、朝倉軍は二万。大嶽砦の陥落を知った朝倉義景は、勝ち目がないことを悟り撤退を始めた。

朝倉軍が撤退を開始するや、信長は朝倉軍を徹底的に追撃した。戦意の乏しい朝倉軍は、退却戦の混乱に乗じた織田軍の猛追を受け撫で斬りにされたという。退却時は、どんな勇猛な将兵でも怯え、女子供のように我先に逃げることだけを考えてしまう。

義景は、当初疋田《ひきた》城への撤退を目標とし、刀根坂に向かったが、ここでも信長の追撃は止まらず、さらに敦賀にかけての撤退中も朝倉軍は織田軍にさんざんに追撃された。

朝倉勢の中には奮戦した者もあるが、記録によれば名のある武将の多くを含め三千人以上が討ち取られ、義景はわずかな手勢を率い一乗谷へとたどり着くのが精一杯であったとある。しかしながら織田勢の勢いは衰えず、義景は、信長にあっというまに滅亡まで追い込まれてしまった。

信長は、武田勢に隙あれば、この朝倉攻めの再現をあきらかに目論んでいた。

しかしながら信長は、今は無理をする必要はないことを十分に理解している。武田勢との決戦の時期が遅くなればなるほど、畿内を平定し領土を次々に広げている信長にとって状況は有利に傾き、武田勢がじり貧になるのは目に見えているからである。


上杉謙信との川中島の戦いにおいて、武田信玄は三百丁の鉄砲を準備したと記録にある。武田勢の新兵器鉄砲に対する意識は周囲に先んじて早かった。長篠の合戦においても、武田勢は多くの鉄砲を準備していた。総兵力の一割と考えると、千から千五百丁の鉄砲を準備していたと考えられる（この考えは、総兵力が三万を超える信長が三千丁の鉄砲を準備したことにも一致する）。

しかしながら、武田方は肝心の鉛と硝石が信長のように海外から自由に調達できず、鉛の代わりに銭を鋳つぶして対応している始末である。従って、十分な訓練ができずに鉄砲隊の練度も低い。

信長は、およそ三万の兵を尾張から三河の岡崎城に移動させている。そのくせ高天神の戦いの際、尾張大野の佐治氏に船を使い大量の兵糧を輸送させた経験から、水軍を使い兵を輸送することを考え、夜陰にまぎれ海路により設楽原におよそ八千の兵を移動させていた。また多量の鉄砲についても、足軽に担がせて陸路で全てを持ち運ばず、船を利用し密かに持ち運んでいる。さすがの武田の諜報網も、これらを捉えることはできなかった。

佐治氏は、伊勢湾海上交通を掌握する佐治水軍を率いており、知多半島の大野を中心とする西海岸を領している。信長は、長篠の合戦の翌年の本願寺との石山合戦において、本願寺付近の海上を封鎖し、兵糧攻めを行っている。長篠の戦い当時の信長は、既に十分な水軍を持っていたのである。

武田勢も旧今川家臣団の今川水軍を持っていたが、長篠は伊那から遠江の内陸部であったことから、勝頼は特に今川水軍を動員していない。今川水軍は、当時は高天神城付近の哨戒活動をわずかに行っていた程度である。

設楽原の窪地の多い丘陵帯は、移動してきた織田勢にはもってこいの地形であった。武田方に気付かれることなく、大兵力を隠すことが可能であった。これは高天神の戦いの後、実際に長篠城とその周辺をじっくりと見て回った信長の成果であった。

武田の諜報網を信じ、援軍の織田勢の数を二万程度と見誤った勝頼のミスは大きかった。勝頼は設楽原での戦いが始まるまで、信長の兵はおよそ二万程度と信じて疑わなかったのである（徳川勢と合わせて二万八千）。

そうでなければ織田・徳川勢が、危機的な状況である長篠城の救援をせずに設楽原に陣地を構築し、亀の様に引っ込んでいる理由が勝頼には理解できなかった。


織田・徳川連合軍の兵数については『信長公記』では御人数三万ばかり、『当代記』では四万、『甲陽軍鑑』では十万とあり、その数はまちまちである。対して、武田勢については『信長公記』『甲陽軍鑑』とも一万五千となっている。

三方ヶ原当時の武田の総兵力は、『甲陽軍鑑』によると騎兵九千百二十一騎、直属の旗本・足軽八百八十四人、寄親に分属している足軽五千四百八十九人とある。

騎兵一騎に従卒四名と考えると、五万千九百七十八人（従卒を三名と考えると四万二千八百五十七人）、小者・雑兵を含まずにこの数字となるので、勝頼の総動員可能な兵力は約五万と考えられる。従って、長篠の合戦にあたっての勝頼の当初の出兵は、あくまでも対徳川に対しての動員となる。

本書では、織田軍三万八千、徳川軍八千、武田軍一万五千として考えている。

鳥居強右衛門の働きにより、長篠城を落とせぬまま信長・家康の軍勢を迎えることとなった武田勢は動揺した。

信玄の死後、勝頼が武田家を統制できるまで時間を必要とし、その間に浅井、朝倉、長島の一向一揆が次々に信長に滅亡させられている。

それらの状況は、当然その都度武田方の耳にも入ってきており、勝頼はもとより武田家中にも大きな動揺を与えていた。巨大化しつつある織田軍団の次の標的とされるのは、間違いなく武田家であると武田家中は肌で感じていたのである。

その危機感から、穴山信君ら御親類衆と山県・馬場などの宿老衆は、新たな当主勝頼の下で一つにまとまっている。

しかし、織田・徳川の援軍が長篠に来援し、またその先鋒隊が設楽原に陣を構築し始めたことにより、その対応をどうすべきかで武田家中はもめた。勝頼・諏訪衆と宿老らの意見の対立が起こったのである。


勝頼は、できれば織田・徳川勢との直接対決を望んだ。

内藤昌豊、馬場信春、山県昌景らの宿老達は、設楽原での直接対決することの愚を説き、すぐに信濃に引き、信濃に引き込んで戦いをすべきであると主張した。

織田・徳川勢が設楽原で十分体制を整えた後の退却であれば、武田勢の退却の際、猛烈な追撃を受けることが考えられ、退却は容易でなくなるからである。

しかしながら譜代家老衆の長坂長閑斎が、「新羅義三郎公より二十七代、その間敵をみて引き込んで戦ったことはない」と反論をする。

その他にも三々五々の意見で方針がまとまらない。

結局この議論が長引くことにより、長篠城から目と鼻の先の設楽原に織田・徳川勢が強固な陣地を構築してしまった。武田勢は退却する唯一のチャンスを失ってしまったのである。こうなっては長篠城からの退却は容易ではない。


結局勝頼は、甲斐信濃よりの援軍を待ち、設楽原には繰り出さず、長篠城を囲み長陣をはることにした。

そして援軍到着後に十分に体制を整え、隙があれば織田・徳川との決戦をと考える。

長篠城については、織田の援軍が来たことで士気は高いが兵糧も尽きかけている。ほおっておいても落城は間近と見た。


この決断のもととなったのは、織田・徳川勢は約二万五千（織田勢二万、徳川勢五千）、どんなに多く見積もっても三万程度。また信長は防護柵を設け陣地を構築し、武田勢との直接対決を避け、武田勢の信州への退却を望んでいると見た所にある。武田の間諜は、織田の水軍が運んできた軍勢について完全に見落としていたのである。

若い当主に仕える上昇気流に乗った新たな家臣団と、古い世代に仕えた家臣団との家中での対立・

勢力争いについては当然起こりうる。信玄に古くから伝えていた武田の間諜と、勝頼に従う間諜の間にも新たな軋轢が生じていた。

長篠の合戦において、信長はあらゆる情報活動をめぐらせており、信長は豊富な資金を使い、軋轢の生じた武田の間諜網の買収にも手を伸ばし混乱を与えていた。これも、勝頼が織田勢の兵数などの情報を見誤った原因である。

「織田勢は少ない兵力を多く見せるようにしている」との噂を信長は流しているが、噂だけではなく、武田方の高所の場所から見える所へ、わざと旗指物に比べ極端に少ない人数の兵を配置し、織田勢は兵の数を多く見せようと努力していると見せかけている。

また織田勢は武田騎馬軍団を恐れており、戦場から逃亡する兵が増えているとの噂も流している。信長は、考えられるあらゆる策をめぐらせていた。

勝頼は、甲斐信濃から新たな援軍を呼び寄せ武田勢二万五千であれば、多く見積もっても三万程度の織田・徳川勢相手であれば、野戦に持ち込めば十分に勝機がある。また野戦に持ち込まずとも、長篠城で長陣を張れば信長は容易に攻めてはこれまい。やがては兵糧が尽き、引き上げざるを得なくなると考えた。宿老達も最終的にこれに納得した。

しかしながら、甲斐信濃の武田領からの援軍の到着には時間がかかる。どんなに早く見ても、まとまった数の先発部隊の到着には、あと三、四日程度はかかる。

勝頼・諏訪衆と御親類衆・宿老衆の対立のような図式は、武田家では信虎から信玄への代替わりの際にも経験している。また家康の嫡男信康の切腹事件は、単純な武田への内通事件ではなく、家康の浜松勢と信康の岡崎勢との対立に起因していたと言われている。

武田方は長篠の合戦以前から、信康家臣の大賀弥四郎の内通事件に見られるように、武田方への多くの寝返り工作を有利に進めていた。三河、遠江の武田家の勢力に近い徳川勢の多くは、武田家の家臣団との血縁関係が深い。武田と徳川との間で揺れに揺れている。勝頼は、そこにも勝機があると見ている。

大賀弥四郎は、信康家臣団の有力な一人であった。長篠の合戦と同年、その大賀弥四郎事件は起きている。

大賀弥四郎は武田方に寝返り岡崎城の乗っ取りを画策するが、仲間の裏切りにより発覚し、あえなくのこぎり引きで処刑されてしまう。

長篠の合戦のきっかけとなった武田勝頼の三河侵攻は、この大賀弥四郎の内通があった上で実行されたとの説がある。家康の次の世代を担う信康の岡崎衆と、家康の浜松衆との対立を武田方にうまく付け込まれてしまった形である。その四年後の信康切腹は、この大賀弥四郎事件の延長線上であるとも言われている。

勝頼の徳川内部への内通工作には、信長も神経質なほど対策を取っている。最前線には、武田方から多くの寝返り工作が来ていると考えられる徳川勢を配置し、徳川勢のいずれかで寝返りが起きた際、織田勢への影響を極力少なくするように配慮している。また馬防柵、土塁、空堀での陣地構築の際にも、寝返りなどの影響を極力少なくし、また寝返りを起こす気にもならないように配慮している。

設楽原に陣地構築した織田・徳川勢と長篠城を囲んだ武田勢に、すぐに動きは見られなかった。勝頼は甲府からの援軍と長篠城の降伏をひたすら待っている。

徐々に織田・徳川勢と武田勢の小競り合いが起きてくるが、信長からの指示通りに織田・徳川勢は戦意のないふりをし、武田勢が繰り出してくれば逃げまわっている。また雑兵達には、いかにも人数合わせで雇われた浮浪者や貧乏百姓如きの者を多数入れている。

そうした中、信州に忍ばせた徳川の諜報網から、武田勢に甲斐信濃からの援軍近し、との知らせが入ってきた。その数、五千をゆうに超える大軍であるとの情報である。

信長は、何としても勝頼が甲斐信濃からの援軍を得る前に、そして長篠城が降伏開城する前に武田勢との決戦に持ち込まなければならないと焦りを感じ始めた。

長篠城が降伏開城した後では、武田勢に城に籠もられてしまい、決戦を有利な設楽原に持ち込むことは不可能である。そうしているうちに、織田勢の兵糧が尽き、なんの成果も得られずに長篠を去るか、最悪は撤退するその隙を勝頼に突かれる可能性がある。

そこで信長は、滝川一益、羽柴秀吉、丹羽長秀の軍勢を設楽原から本格的に繰り出し始めさせる。

滝川・羽柴・丹羽隊が出陣した後の設楽原の陣は兵数が少ないことを間諜から確認した勝頼は、思ったように織田・徳川勢は少数だと安心する。

さらに信長は、重臣の佐久間盛信に武田方への内応を約束させたとある。勝頼は、佐久間盛信が裏切ればそれに越したことはないと考えたが半信半疑であった。

勝頼はこれらの状況、また甲斐信濃からの援軍の到着も近いことから、織田・徳川勢との戦いに光明を見いだしつつあった。


東海地方の梅雨は長い。長く東西に延びた梅雨前線が長いあいだ停滞する。

織田・徳川勢は梅雨の真っただ中での着陣となり、その雨の中を苦労して堀を掘り、土塁を築き、馬防柵にて陣地を構築していた。

雨となれば、せっかく武田方に悟られないようにして大量に運び込ませた鉄砲が役に立たない。陣地構築の際に雨よけの屋根は設けたが、本降りの雨の下ではとても役に立ちそうもない。今の所、こちらから仕掛けない限り武田勢との本格的な戦闘が起こりそうもないのが幸いだった。

信長は配下の者に、地元の徳川勢や百姓らに、長篠に着陣する前から毎日のように天候の見通しを聞いて回らせている。

そうした所、そろそろ梅雨明けが近いのでは、とのことを頻繁に耳にする様になってきた。

確かに、ここ数日の雨は本降りではない。青空こそ見られないが、雲も時々薄くなってきている。

曇り空や小雨の時も徐々に増えてきた。梅雨明け近くなれば、梅雨前線の動きも不規則に上下し、一日や二日は雨が止む日もある筈である。

　信長は、ついに「時期が来た」と決断した。

　翌日の早朝、武田方の物見からの報告では、織田・徳川勢の陣がいつもより慌ただしく、朝飯の炊飯の煙も多く見受けられるとのことである。

　勝頼はその知らせに、信長が兵を繰り出してくるものとばかり思っていた。が、織田・徳川勢は、逆に陣を引き退却するそぶりを見せはじめた。

「これは」と、勝頼は驚き、この隙に織田・徳川勢を設楽原から一気に追い落とそうと、長篠城の包囲に幾ばくかの兵を残し、急遽設楽原に兵を繰り出した。


　信長の罠であった。

　大軍勢の織田・徳川勢は、それを悟られることなく退却のそぶりを途中で止め、武田勢に隙を見せずに陣を固め直した。兵力に余裕があることがそれを容易に可能とした。

　武田勢から見れば、武田勢の素早い進撃に窮し、退却できなくなった織田・徳川勢が慌てて陣を固め直したと見えた筈である。

　こうなると勝頼も設楽原から簡単に兵を引くことができない。その隙を突かれ織田・徳川勢の追撃を受けてしまう。

　こうして織田・徳川勢と武田勢は設楽原において、およそ数百メートルの距離で睨み合うようになる。

信長は、「ここでのんびり睨み合っていては、甲斐信濃からの武田の援軍がきてしまう。梅雨明けも近いとの見通しだ」と、次の一手を出す。

信長は、翌日の早朝およそ三千の兵にて武田勢に攻撃を仕掛けさせた。主家が滅ぶ際に降伏してきた浅井・朝倉の旧家臣らに武田勢への攻撃を命じたのである。いつの世も負けた側はみじめである、武田勢をおびき寄せる餌として、捨て石として使われたのである。

攻撃をされれば、攻撃は最大の防御と武田勢が迎え撃つ。噂通りに織田勢は弱い。浅井・朝倉の捨て石の効果である。

そして、武田勢は勢いをつけ馬防柵へと取り掛かる。その時、織田・徳川勢の火縄銃が一気に火を噴き、大音響と共に武田勢の将兵がバタバタと倒された。

これはまずい、と勝頼も一時兵を引かせた。その時、後方の長篠城の方からの銃声や鬨の声が聞こえ、やがて火の手が上がったのか、煙がいく筋か見えてきた。


宗安ら牢人衆は、武田信玄の弟信実の指揮のもと中山砦にいた。

中山砦は長篠城から大野川を隔て、城を眼下に見下ろす天神山の裾野に築かれた砦の一つである。

天神山の裾野の小丘群には、その他に鳶ヶ巣山砦、姥ヶ懐砦、君ヶ臥床砦、久間山砦が築かれており、総大将の信実は鳶ヶ巣山に陣取っている。総勢およそ千人ほどである。

宗安は、朝早くから何やら設楽原の方が騒がしいことには気付いていたが、また織田・徳川勢との小競り合いでもしているのだろうと思っていた。が、今朝に限って、いつもより鉄砲の音が賑やかである。宗安は同じ牢人衆の五味与惣兵衛と設楽原の方が気になり眺めていた。

しばらくすると、今度は砦の裏手の天神山の方が騒がしくなった、そして鉄砲の音が絶え間なく聞こえ始めてきた。宗安と与惣兵衛は織田・徳川勢の奇襲と、とっさに察知した。素早く具足を付け身支度を済ませる。

「なあに、織田・徳川勢はあまり多くないと聞いている。ここまで来るのはおそらく二、三百人、多くても五百人程度だろう。十分に防げるわ」

との与惣兵衛の言葉に反応するかの様に、宗安は素早く物見に上り、裏手の天神山の方角を見渡す。

「敵は大軍だ、小勢では一気に飲み込まれてしまうぞ、鳶ヶ巣山の本陣まですぐに引け」

宗安は敵の奇襲部隊を確認すると、すぐに中山砦を守る配下の牢人衆に大声で指示をした。

軽く見積もっても三千人の織田・徳川勢が天神山裾野の武田方の砦群に向かって一気に飲み込もうとしている様に宗安には見えた。既に隣の久間山砦には、敵の切り込みが始まっている。

この酒井忠次率いる奇襲部隊の数は、織田勢の金森長近率いる鉄砲隊の数を含め五千の大部隊であった。また鉄砲を五百丁備えている。

前日の夜、織田・徳川勢の軍議にて、酒井忠次の奇襲の提案を一喝し否定した信長であったが、夜分こっそり家康の陣を訪れ、この奇襲を決行しろとの下知をしたと多くの書物に記されている。軍議の席での一喝は、武田方の間諜を恐れてのことであったという。

奇襲部隊にとっては、真夜中の雨中での険しい山中での行軍である。武田勢に悟られてはまずいため、松明も使えない厳しい行軍であった。土地に明るく、対武田への執念に燃える徳川勢だからこそ、それを可能とした。

武田方の砦群を守る総勢千人ほどでは、到底この奇襲部隊を支えきれず、次々に武田方の砦は奇襲部隊に飲み込まれていってしまった。

この奇襲部隊の攻撃では、上州勢の和田兵部が君ヶ臥床砦にて討死、また安中勢は全滅し、戦後ただの一人も安中へ帰ってこなかったと記録にある。武田方も踏みとどまり決死の覚悟で奮戦をしたのである。

そして、残すは信実本陣の鳶ヶ巣山砦のみとなった。

鳶ヶ巣山砦にても、既に両軍入り乱れた激しい戦いが始まっていた。宗安は鳶ヶ巣山砦に入ると、すぐに信実の所へ駆けつけた。

織田・徳川勢が、ここにこれほどの数の軍勢を向けるとは、おそく設楽原の織田・徳川勢は相当な数であると宗安は容易に想像ができた。

「信実様、ここは我ら牢人衆に任せ、設楽原の方へお引きください。そしてお屋形様（勝頼）へすぐ信州への退却を……」

「ばかなことを言うな、ここが落ちたら武田はおしまいだ。わしは、お屋形様のため、いくらかでも時を稼ぐつもりだ。お前らこそ、すぐにここを引け」

信実は既に腹を決めている。

壮絶な戦いが始まった。宗安は、信実らと押しよせる織田・徳川の奇襲部隊に三度も砦から追い落とされたが三度取り返した。

しかしながら相手は鉄砲の数も多く、味方も次々に倒されていく、これではとても次の攻撃は支えられそうもないと見た宗安は、信実に引くことを再度進言する。

「信実様、ここは我々牢人衆に任せて是非お引きくだされ。そしてお屋形様のところへ、さあ一刻の猶予もありませんぞ」

「宗安、気持ちはありがたいが、俺は最後までここで戦うと決めている。お前らこそ、今からでも遅くない、ここをすぐに引け」

「それでは、倅の信俊様はどうするつもりですか」

「決まっておろう、一緒にここで討死だ。信俊も異論はなかろう」

「それはいけません。信実様にはこの宗安、三方ヶ原にて一度命を助けてもらった恩義があります。二人を置いて尻尾を撒いて逃げたとあっては、たとえ宗安の命は長らえても、牢人衆として次の仕事がなく野垂れ死にするばかりです」

「では、一緒にここで討死すればよかろう。俺も嬉しいぞ、宗安」

「もとよりそれは覚悟しておりますが……」

宗安は、横で二人のやり取りを聞いている友右衛門、友一郎を近くに呼んだ。

「友右衛門、頼みがある。最後の頼みじゃ。信俊様をお屋形様の所へ、そして那波へ俺の武名を伝えてくれ、頼んだぞ」

それを聞いた友右衛門は、片膝を地面に付けたまま肩を震わせている。激戦の中、ついに宗安との最後の別れの時が来たのかと、目にから大粒の涙をこぼしている。そして意を決したように、

「どの面下げて、主君を置いて親子で逃げられるとお思いですか、それは友一郎に任せ、拙者には最後までお供をすることをお許しください」

と、涙ながらに宗安に訴えた。と同時に、

「父上、私に最後まで宗安様のお供をさせてください」

隣にいた友一郎が、これも涙ながらに口を挟んできた。

「友一郎、これは父の最後の頼みだ。言うな」と涙ながらに一喝する。

「しかしながら……」

と友一郎は必死に食い下がる。

そのようなやり取りをしている中、周囲での戦いが一層と激しくなる。おそらく友一郎では、信俊様と長篠から落ちるのは難しいであろうと友右衛門は思った。自分でさえ自信がない。行くも残るも死あるのみであろうと。

そうであれば、父として、思うような最後を息子の友一郎に取らせてやりたい、と、友右衛門は考えた。

友右衛門は、やおら友一郎の前に立ち、そして向き合い、

「友一郎、必ず宗安様の最後を、必ず見届けろ、いいな、必ずだぞ、必ず」

と、しつこいまでも繰り返し、目に涙を浮かべ友一郎の両肩を強く掴み、親子の最後の別れをした。

「は、はい」

友一郎は、そう返事をしたかどうかもわからない声を、ようやく喉から搾り出すのが精一杯であった。

それを横で見ていた宗安は、

「そうと決まれば友右衛門、一刻も早くここを立ち去れ、途中で雑兵に討たれるなよ。三途の川で会うつもりはないからな」

と言い、笑いながら友右衛門と信俊を送り出す。

別れ際の最後に振り返った二人の顔は、宗安、友一郎、信実の三人の目にいつまでも残っていた。

そうしているうちに、織田・徳川勢の奇襲部隊の四度目の攻撃が始まった。宗安ら牢人衆も奮戦するが、多勢に無勢、衆寡敵せず。また大量の鉄砲を駆使する織田勢に苦しめられる。

武田方は最後まで抵抗の手を緩めることはなかったが、次々に打ち取られていってしまう。信実もついに打ち取られてしまった。

宗安と共に戦う那波牢人衆の数も、ついに数人となってしまったが、

「よし、繰り出すぞ」

と、宗安は大声を出し砦の土塁から敵の中に飛び降りた。牢人衆の何人かがそれに続く。

しかし、飛び降りたところを敵の鉄砲の一斉射撃をまともに受け、宗安は「どおっ」と倒れこんだ。

友一郎は、すぐに宗安のもとに駆け寄り、その首を掻き切り、その場を離れようとした。が、その時に後ろからの鉄砲の一斉射撃を受け友一郎は前のめりに倒れた。友一郎の眼前には宗安の顔がある。歯を見せて笑っているように見える。

「さすがは殿だ」

そして、友一郎の目は静かに閉じた。

友一郎は、できれば長年付き従ってきた宗安の前にて、立派な最後を見せたいと思っていた。しかしながら父友右衛門の言葉を守り、宗安の首を雑兵に切らせるようなことをさせなかった。満足な最後であった。

酒井忠次の奇襲部隊との戦いでは、武田方の首を取られた者約三百七十。しかし、奇襲部隊側も三百余の死者を出した壮絶な戦いであったと記録にある。

『甲陽軍鑑』には、那波無理之介についての山県昌景の人物評が記されている。同じ牢人衆出身の山本勘助とも比較がされており、また武田信玄の言葉も残されている。牢人から取り立てられた者の中では高名な人物であったと思われ、武芸に秀でた豪胆な人間像がそれらの記録から想像できる。

『甫庵信長記』には、那波無理之介の討死について、比類なき豪のものとある。無理之介が長篠にて討たれたことについては、その他『信長公記』、『甲陽軍鑑』などにも記されており、武田方の高名な武将の一人であったのは間違いない。

鳶ヶ巣山の砦から落ちた友右衛門は、信俊を連れ西へ西へと設楽原を目指した。周囲には同じ敗残の武田勢もいるが、織田・徳川の追撃が激しい。ようやく敵の追撃から逃れ設楽原を見渡せる丘の上にたどり着いた時には、織田・徳川の奇襲部隊による長篠城包囲の武田勢の壊滅を知った勝頼が、乾坤一擲の攻撃を与えるための総攻めを開始する所であった。

鳶ヶ巣山の信実から勝頼への第一報は、織田・徳川勢の奇襲を知らせるものであった。だが、次の知らせでは、大規模な奇襲部隊の攻撃であり、とても支えきれないとの知らせであった。

勝頼は、武田勢の危機的な状況をすぐに理解した。武田方は、鳶ヶ巣山などの砦群に貯えてある兵糧も失うことになり、もはや退却するしか道が残されていない。

しかしながら勝頼は、すぐに設楽原から撤退すべきかどうか大いに悩んだ。

ここは撤退するしか策がないことを勝頼は十分承知している。しかし、どうやって撤退すべきか悩みに悩む。

長篠城を奪われ、酒井忠次の奇襲部隊が武田勢の後ろにおよそ五千。長篠城を包囲していた味方は総崩れを起こしている。設楽原の織田・徳川勢は弱兵だと見えるが多くの鉄砲を持っている。

勝頼は、あと二日ほど時があればと悔やんだ。二日あれば、甲斐信濃からの援軍が到着し始めており、兵力に余裕ができ、長篠城包囲の武田勢が簡単には壊滅することはなかった筈である。

最終的に勝頼は、前後に敵を抱えた退却戦の難しさを考え、敵に乾坤一擲の一撃を与え、退却することを決断した。

織田・徳川勢と戦って今まで負けなしの武田が、このまま一目散に退却し追撃を受けるのは心情的にも受け入れがたかった。織田・徳川勢には今まで負けたことがない武田勢の自信から、敵に容易に有効な一撃を与え、その隙に退却戦を有利に進められるであろうと考えたのである。

前年の明智城の戦いにて、三万の織田軍が布陣した後、山県昌景隊六千が織田の前衛部隊に襲い掛かり、その攻撃にたまらず前衛部隊が壊滅し、織田勢がやむなく兵を引いたことも勝頼の自信につながっていた。

それに大規模な奇襲部隊を背後に回らせたことから、設楽原の兵力も少なくなっている筈であると も勝頼は考えた。相手方に多くの鉄砲はあるが、初戦で織田・徳川勢のあまりの弱さも確認している。

重臣達も、やむをえないだろうと勝頼のこの決断に従った。

そして、勝頼は攻撃の指示を出す。

武田勢は、決死の覚悟で馬防柵を打ち破ろうと騎馬武者が突撃するが、織田・徳川勢は攻撃を巧みにかわし鉄砲を駆使して応戦する。幸運にも、信長が望んでいたように雨は降っていない。

ようやく馬防柵を打ち破ったところから武田勢が必死に切り込めば、織田・徳川勢は数に任せて反撃をする。戦いは消耗戦へと入っていった。

消耗戦となれば、数の多い織田・徳川勢が圧倒的に有利である。倒しても、倒しても、新手がどんどん増えてくる織田・徳川勢の状況を見て勝頼は身が震えてきた。

織田・徳川勢が思ったより大兵力であることが、ようやくわかったのである。今まで兵がいないと思っていた窪地から、次々に新手の兵が湧き出てくる。旗指物もどんどん増えてくる。しかしながら、ここまで来たら攻撃の手は緩められない。勝頼は、ついに全軍での総攻撃の指示を出す。

だが、この状況に臆した身内である穴山信君などが勝頼の指示を無視し、勝手に撤退を始めてしまう。戦国最強軍団武田勢の崩壊が始まったのである。

信長にとっては、まさに一乗谷の朝倉攻めの再現である。勝ちに乗じた織田・徳川勢の追撃戦で武田勢は壊滅の危機に陥る。武田勢は、長篠城の北の寒狭川沿いの街道を目指してんでばらばらに落ちていく。もはや精強な武田家臣団の面影はない。

この危機的な状況に老将馬場信春は、まずは勝頼の退却を急がせる。そして自らは殿《しんがり》を買って出て、織田勢を散々に悩ました後に討死をする。六十二歳であったという。内藤昌秀も勝頼の退却を確認した後、討死する。

これら重臣達の犠牲のもと、勝頼はわずかな近習のみを伴い、何とか甲府まで落ち延びることができた。

設楽原の戦いでは、最終的に武田勢が三重ある馬防柵を二重目まで破ったと記録にある。しかし、その代償は大きかった。織田・徳川勢は、足軽などの雑兵の消耗こそ多かったが、武田方の被害は、いわゆる士官クラス以上の騎馬武者や侍大将である。

山県昌景、内藤昌秀、馬場信春、原昌胤、真田信綱等、天下に名高い武将らが討死をしてしまっている。そしてこの長篠の合戦から、武田家は滅亡への道を歩み始める。長篠の合戦による武田家の人的損害は、簡単には修復することが不可能なレベルであったのである。

『信長公記』では、武田勢の討死一万、『長篠日記』では、織田・徳川勢の討死は六千余とあるが、『信長公記』は勝者の宣伝的な意味合いが強いと言われている。いずれにしても激戦であり、武田方にとっては取り返しのつかない大敗であったことは間違いない。

勝頼は、六月一日付けで甲府の叔父武田信友宛に「先方は敗れたが、穴山信君、小山田信茂らは無事である」との書状を送っている。

穴山、小山田の二人の裏切りにより、七年後に勝頼が新羅三郎源義光公以来の名門、甲斐源氏武田家の幕を閉じることになるのは歴史の皮肉さであろう。


信玄の父、武田信虎は長寿であった。

信虎は、天正二年（一五七四年）勝頼と武田信廉の居城高遠にて面会し、その年に八十一歳にて亡くなっている。幸運にも、翌年の長篠の合戦での武田家の大敗北を知ることもなく良い最後であったであろう。


結果的に酒井忠次率いる奇襲部隊が武田勢の運命を決めた合戦であった。武田方は、当然天神山方面へも、ある程度の見張りは立てていただろうが、酒井忠次の奇襲部隊は設楽原からはるか松山観音堂を経て、船着山を大きく迂回する経路であった。

勝頼は緒戦を優勢に進めており、織田・徳川勢の兵の数、戦意の乏しさなどを、まんまと信長の策略に乗って見誤ってしまい、奇襲に対しての油断があったと思われる。武田方に悟られることなく天神山の山頂に奇襲部隊が到達できれば、あとは山を下って諸砦に大軍勢で一気に討ち入るだけである。武田方に兵力の余裕があり、なお且つ土地の地理に明るければ、武田勢が酒井忠次の奇襲部隊の逆ルートを通り、設楽原の織田・徳川勢に横から奇襲をかけることも可能であった筈である。

長篠の合戦は、一般には武田の騎馬軍団を鉄砲を駆使した信長が破った新旧交代の戦いであったと言われているが、実際には武田勢の強さは随所に見られている。

七百騎の馬場信房隊が六千の佐久間信盛の軍勢を突き崩し、一千の内藤昌豊隊が三千の滝川一益の軍勢を圧倒している。『信長公記』においても、「馬場美濃守手前の働き比類なし」と、敵方にも関わらず賛辞を惜しんでいない。

そして何より、設楽原での戦いが、早朝から八時間にも及んでいることが両軍の激戦を証明している。決して武田勢が信長の鉄砲隊により、一方的に打ち負かされた単純な戦いではないのである。

最新の研究では、鉄砲の三段打ちについては否定されている。ただし信長が武田方に悟られることなく、大量の鉄砲を設楽原に運び込み、なお且つ、有り余る弾薬を準備したことは確かであろう。

武田方が、織田家重臣佐久間信盛の誓紙を出してまでの内応の約束を信じたとの説もある。しかしながらこの話は、およそ百年後の江戸中期の『常山記談』で、突然出てきた話であり信憑性に欠けている。長篠の合戦は武田家にとって信長との雌雄を決する、まさに武田家の将来を賭けた決戦である。相手方の裏切りに期待する他力本願的な戦い方を、勝頼と百戦錬磨の武田家臣団が選択するとはとても思えない。

但し、佐久間盛信については、織田家重臣でありながら、この五年後に信長に追放され、悲運な最後を迎えることになる。皮肉な話だが、追放された旧佐久間盛信軍団は、その後明智光秀の軍団に吸収され、本能寺の変での実行部隊に参加をしていたという。


鳶ヶ巣山の砦から落ちた友右衛門と信俊は、設楽原を見渡せる丘の上から、武田勢の敗走が始まりつつあることを目のあたりにする。そして友右衛門は、宗安と信実との約束を果たすべく、既に崩れかけている勝頼の本陣ではなく、一路信濃から甲斐を目指す。幸い馬場信春らの軍勢らが命を投げ捨てて殿《しんがり》として踏ん張ってくれたこともあり、何とか無事に甲斐までたどり着くことができた。

友右衛門が甲府に着くと、世話になった真田信綱・昌輝兄弟の長篠での討死を知る。

信綱は三尺三寸の陣太刀・青江貞を振って奮戦したとある。その首は陣羽織に包まれ、家臣らによって甲斐から信濃に持ち帰られていた。この血染めの陣羽織は、今も上田市の信綱寺に納められている。

信綱の父真田幸隆は、息子達の討死を知ることなく、武田信虎と同様に長篠の合戦の前年六十一歳にて亡くなっているのが救いである。


信実の息子信俊は、武田家の滅亡後、徳川家康に召し出され甲斐国川窪郷を安堵され、姓を川窪と改める。

信俊は、関ヶ原の戦いと大坂の陣での軍功を認められ、現在の埼玉県上里町の金窪に一千六百石を賜り、北条と滝川一益との神流川合戦にて荒廃した城跡に陣屋を構え、後に武田信玄夫人を招いている。

信玄夫人は、廃墟となっていた崇栄寺に庵を営み、元和四年（一六一八年）に九十七歳の生涯を閉じる。信俊は養母の菩提を弔うため、その法号である陽雲院から陽雲寺を建立する。しかしながら信俊の孫である武田信貞の代に、丹波へ転封され金窪陣屋は廃されることになる。

ちなみに、この陽雲寺にて明治十二年四月、地元や群馬の剣客を集めた上武合体剣道大会が開かれたと記録にある。昭和の剣豪高野佐三郎が、山岡鉄舟のもとで修業をするきっかけとなったという元安中藩の岡田定五郎との試合があった剣道大会である。

十三　友右衛門那波へ

友右衛門は甲府で信俊と別れた後、真田館へと向かう。本来、那波へすぐに足を運ばなくてならない筈だが、信綱・昌輝の仏前に線香を上げるためと自分に言い聞かせている。本心では、那波へ足を向けることがなかなかできないのだ。

真田館にたどり着くと、真田兄弟の末の弟昌幸に会い、仏壇に線香を上げた。その後、友右衛門は渋々と上州に向かって重い足を向けることになる。

碓氷峠を越えれば左手には箕輪城が見えてくる。長野勢との戦を思い出しながらひたすら歩を進めていくと、何故か上泉信綱の屋敷の方へ足を進めていることに気がついた。那波からは十キロ以上も北へ向かった方角である。友右衛門は、本能的に那波へ帰ることを避けてしまっていたのだ。

友右衛門は、これも殿（宗安）のお導きかと、信綱を訪ねることにする。

信綱の屋敷では、多くの侍達が剣の指南を受けていた。友右衛門が来たことに気付いた信綱は、その日の指南を早々に切り上げ友右衛門を屋敷に上げた。

「友右衛門、久しぶりだな、箕輪での戦以来だ、宗安の活躍は数えきれないほど耳にしておるぞ、師匠として鼻が高いわ。おお、それと宗安は、信玄めにも気に入られたというではないか、真田の幸隆様や信綱殿からもいろいろと話を聞いておるぞ、しかし無理之介とは良くつけたものじゃ……」

と、信綱は矢継ぎ早に勝手に話をはじめ、友右衛門にしゃべらせようとしない。そのうちに食事が用意され、二人で縁側で酒を飲み始めた。七月に入っており、もう家の中は蒸し暑い。

友右衛門が長篠の合戦の話をしようとすると、それを遮るように信綱が箕輪城での戦いや、那波での顕宗の話、上杉謙信の話など、次から次へ話題を作り勝手に話をしてしまう。これほど多弁な信綱は、今まで見たことがない。

しこたま酒を飲まされた友右衛門であったが、翌日信綱が目を覚ます前にこっそりと信綱の屋敷を後にした。自分でも不思議だが、何故か那波に急がなければと思っている。

信綱は酒を飲みすぎたが、昨晩は友右衛門の心境を気遣い一睡もしていない。那波へ足を向ける友右衛門の後ろ姿を静かに見送り、

（これでいい、これで良かった。宗安の最後など誰も聞きたくない、気にするな。あとは又右衛門らに任せれば良い）と、信綱は自分に言い聞かせた。

その日の夕刻、那波領へ入った友右衛門は又右衛門の屋敷を訪ねる。声を出すのに躊躇したが、意を決し門を叩く。

「おお、友右衛門。殿がそろそろ来るはずだと言っておったが、本当にその通りじゃ」

と、又右衛門は目を丸くして驚いている。奥の間に友右衛門を通すと、使用人に離れから友右衛門の妻ゆうと息子克次郎を呼んでくるようにと言った。それを聞いた友右衛門は、

「待ってくだされ、拙者はまだお役目が済んでおりません。お役目が済んでからにてお願いいたします」

と、又右衛門に懇願した。

又右衛門は、相変わらず頭の固い奴だ。根岸の家の血筋か、と呆れて妻子を呼ぶのをやめさせた。

友右衛門の妻ゆうと二番目の息子克次郎は、上杉勢との那波での合戦後、又右衛門の所で世話になっている。それを気遣った宗安にたびたび那波への使いを頼まれた友右衛門であったが、自分だけ妻子に会うのは忍びないと、頑として那波への使いを断り、赤石城が落ちてからは一度も那波へは足を運んでいない。

友右衛門が、いろいろと話を始めたそうなのを遮り、又右衛門はすぐに水を浴びさせ身支度を整えさせた。

井戸の横の離れには妻子がいる。妻ゆうと克次郎は、身を清めている父の後ろ姿を、これが最後かも知れぬとじっと見ていた。

何故か那波城の本丸大広間では、顕宗をはじめ、皆々が顔を揃えて友右衛門を待っていた。

「さあ」と又右衛門に尻を叩かれ、無言のまま顕宗の前へ引き出された友右衛門は、なかなか顔を上げることができない。しばらくした後、やおら懐から一つの包みを出し、それを無言のまま右手で顕宗に差し出した。

「友右衛門、それは」

顕宗が訊ねる。

「殿の、宗安様のご遺髪でございます」

友右衛門は、いまにも泣きそうに声を絞り出した。

宗安は大きな戦の前には心置きなく戦えるように、必ず新たな遺髪を友右衛門と友一郎へ託していた。それが戦の前の主従の一つの儀式でもあった。

力丸日向が、友右衛門からそれを両手でかしこまって受け取り、そして顕宗に手渡した。顕宗は、遺髪を受け取った手が震えだすのを懸命にこらえた。

そして遺髪を見つめながら「兄上」と、心の中で涙と共に震える声を発した。瞼が熱くなり涙が眼球の後ろに溜まってくるのがわかった。十五年ぶりの兄との対面である。

しかしながら、宗安の死に大きな責任を感じている友右衛門と周囲の家臣らの空気の重さを感じ、顕宗は涙を落すのを寸前でこらえ気丈にも平静を装う。

「友右衛門、大義であった」

顕宗は、悲しみなどまるで感じていないかのように友右衛門の苦労を、声を大にしてねぎらった。

そして友右衛門に尋ねる。

「昨日は何の日か知っているか」

友右衛門は、「はっ」とした。

「お盆だ、迎え火の日じゃ。友右衛門。ご苦労であった。兄も既にそこに来ておるぞ」

と、やおら後ろを指さした。

「兄上だけではないぞ、武田で働いていた那波牢人衆全てが来ておる。友右衛門が来るのが遅いとな。皆、お前に感謝をしておるぞ。追々、皆の身内に信州のこと、甲斐でのことなどを話してやってくれ。楽しみにしている筈だ。那波無理之介と牢人衆の高名は知られておるからな」

「ははっ」

と、友右衛門はかしこまって顕宗に返事をした。


友右衛門は、お盆のことなどすっかりと忘れてしまっていた。思えば、偶然信綱の所を訪ねたのも、信綱との酒を酌み交わしながらのたわいもない話も、誰かが過去を悔やむなと、裏で糸を引いていたように感じざるをえない。

「友右衛門、那波ではやってもらうことが山ほどあるぞ、甲斐信濃で学んだことを是非生かしてくれ」

友右衛門は、顕宗からこれからの毎日が忙しくなることを匂わされた。そうでも言わないと、役目を終えた友右衛門が追い腹を切りかねないと顕宗が察したからである。

事実、友右衛門はここまで追い腹を考えていた。又右衛門の家で妻子と会わなかったのも、その覚悟の表れである。会えば未練が残る。

顕宗は、家老の力丸日向や山王堂修理らと話し、翌日から友右衛門を、主に武田や真田との間の調整役として追い腹を考える暇がなくなるほど忙しく使いまくることにした。これからの那波は、上杉、北条、武田の大勢力の中をうまく泳ぎ渡らなければならない。友右衛門に期待する所は大きい。


後日のことになるが、宗安の一周忌の法要の際、友右衛門は又右衛門に、長篠の合戦後に顕宗に那波で初めて謁見した日のことを聞いた。おそらく、信綱が那波に早馬を出したのだろうと。そうでなければ、自分が那波にその日に帰ってくることなど誰にもわかるはずはないと。

「早馬なんぞ知らん。宗安様が前日夢枕に立ったと殿は言っていたがな。たわいもない戯れ言かと皆思っていた。だが、いずれにしてもお盆だから皆々で集まろうとの話になったままでよ。でも、そこにお前（友右衛門）が現れたから皆が驚いた」

又右衛門は、にやりと笑いながら友右衛門に言った。

十四　小田原北条攻めと赤石城の落城

上杉謙信倒れる。

その知らせは、三年後の天正六年に那波にもたらされた。これにより、上杉景勝と上杉景虎（北条氏康の七男、謙信の養子）の跡目争いが起こる。御館の乱である。そして戦いは上杉景勝側の勝利に終わる。

武田勝頼の室は、北条氏政の妹である。しかしながら御館の乱において勝頼は景勝を支持した。そして、これよって第二次甲相同盟が破綻する。以降北条家は、織田家との同盟関係を強めていき、武田家との対立を深める。

そしてついに天正十年（一五八二年）の三月、天目山にて武田勝頼が織田信長に滅ぼされる。これにより北条高広と那波顕宗は、織田家の重臣滝川一益に従うことになる。

一益は信長の威光を背景に、八千の軍勢で厩橋城に入り、上野から上杉家の影響を一掃した。越後や越中の各所において織田勢に攻め立てられていた上杉家は、抗すまでもなかった。

しかしながら、その年の六月織田信長が明智光秀に本能寺にて討たれる。

武田家滅亡後の関東での信長のやり方に不満のあった北条は、この機会に関東の覇権を握ろうと兵を上げる。そして、滝川一益は北条氏直に神流川の戦いにて大敗し、清須会議に間に合うことなく所領の伊勢長島に逃げ帰ることになる。

このような目まぐるしく変わる情勢に、那波は振り回された。上杉、北条、滝川、そして一時は滅びる前の武田勝頼にも従っていた。

神流川の合戦での北条高広と那波顕宗は、滝川一益に従ったと思われるが、詳しい動向は不明である。滝川一益から信長の死を知らされた上野の国人衆は、後々の北条氏との関係に配慮し、積極的に戦いに参加をしなかった筈である。

神流川合戦の地、上里町の大光寺には、今も神流川合戦当時の門が残っている。その柱には、当時のものと伝わる弾痕が見られ往時をしのぶことができる。また玉村町には、滝川一益が本陣を置いたと伝わる軍配山古墳がある。当時の一益が古墳の上から目にしたように、今も周囲には水田が広がり見事な見晴らしである。

一益が去った後の上州の国人衆らは、再び北条氏に従うことになる。しかしながら厩橋城主の北条高広は上杉景勝と結び、北条氏に敵対する。

詳しい経緯は不明だが、北条高広は娘婿である那波顕宗の領土を奪うべく攻め込む。が、顕宗は玉村の宇津木氏と共に玉村城に籠もって抵抗した。その隙に箕輪城主の北条氏邦が厩橋城を落とし、高広は越後に落ちていく。本能寺の変の二年後、天正十二年のことである。

北条氏の関東での勢力拡大はさらに続く。翌天正十三年には太田の由良国繁（成繁の息子）が、ついに金山城を追われ領地を没収される。そして桐生城へ移され所領はわずか一万三千石となる。（『新田正伝或間』）

かつて毛利元就や小早川隆景らと、日本の十三大将と称された由良成繁の時代から、由良家は大きく落ちぶれてしまう。

北条氏は多くの領主らに対し、その関係強化として人質を要求していた。那波顕宗が天正十五年、家臣や家臣の子弟などを人質として厩橋城に送ったことが『宇津木文書』などに記録として残されている。

那波からは、馬見塚・宮子・今井・山王堂の各氏、利根川南部の那波領から・久々宇・毘沙土・大河原の各氏からとある。

天正十八年（一五九〇年）。

ついに豊臣秀吉が小田原征伐の軍を起こす。そして、長く関東にて覇を轟かせていた北条氏は最後を迎えることになる。

その年の七月、北条氏は小田原城を開城し、秀吉に降伏する。その際、那波顕宗は来攻してきた豊臣勢と小田原城にて戦ったものと思われるが、史料などには全く残されていない。

資料によっては、松井田城を攻める上杉景勝に降伏したとの記述もある。しかしながら、もしそうであれば、秀吉の戦後処理にて、那波家はお家の取り潰しにはならなかった筈である。

北条方は各地の領主の豊臣勢への離反を防ぐため、小泉城の富岡秀長・安中城主の安中景繁・和田城の和田信業・館林城の長尾顕長・元金山城主の由良国繁などを国元から離し、小田原城に籠城させていたと記録にある。おそらく顕宗も主だった家臣を引き連れ小田原城に入り、残った家臣らが顕宗の二人の息子と共に那波を守ったのではないかと思われる。

また北条方は、地元の領主らの離反を防ぐため、主だった城を接収し北条勢を入れている。那波城には北条方の築井秋教が入り、那波勢は赤石城に移された。これにより、もし顕宗が赤石城にいたとしても、周囲を北条勢に囲まれ、上杉景勝の軍勢に簡単には合流できる筈はない。

顕宗は、かねてより旧知の上杉景勝や安田能元から多くの書状を受け取っており、他の上州の国人衆と同様に、積極的に豊臣勢に対抗するつもりはなかった。しかしながら那波は北条勢に周囲を囲まれ、全く身動きが取れない状況であった。

顕宗は北条方の指示により、家老の力丸日向と息子の小太郎宗昌、小次郎宗繁に赤石城の留守を任せ、小田原城へ向かうことになる。

赤石城を出発し小田原へ向かう際、顕宗は力丸日向と二人の息子に、機会を見つけ必ず上杉景勝の陣に下《くだ》れと言い残した。

天正十八年四月二十三日、北条方の大道寺政繁が守る松井田城が前田利家・上杉景勝・真田昌幸らに攻められ降伏開城する。大道寺政繁は、五万の大軍をわずか二千の兵で迎え撃ち、一か月以上持ち堪えている。

そして四月二十五日となる。

その日、赤石城で早鐘が打ち鳴らされた。赤石城の東を流れる粕川の対岸にて、何者かの軍勢が進出しつつあるとの知らせである。

松井田城が降伏したとの知らせは聞いているが、豊臣の軍勢が現れるにはまだ早すぎる。もちろん北条勢でもない。赤石城を守る那波勢は混乱した。

粕川から赤石城までは、およそ一キロ。

那波の精鋭部隊は、顕宗と共に小田原城にて籠城している。又右衛門、友右衛門の息子達も小田原城である。上杉謙信の越山以来の那波の危機が訪れた。

「日向、どういたす」

顕宗の嫡男小太郎宗昌、この時十八歳。

「相手が何者かわからないが、那波の敵であろう、それは確かだ。ここはひと合戦だな」

宗昌は平然と力丸日向に言った。

「しかしながら、味方はどんなにかき集めても三百ほど……」

「日向、城を捨てて逃げたとあっては、小田原の父上にどのような災いが起こるとも限らん。ここは逃げるわけにはいかんぞ、すぐに合戦の支度だ」

宗昌は合戦の準備を急がせた。

支度を整えると、百ほどの兵を引き連れ宗昌は赤石城を打って出た。兵を展開して小規模な攻撃を行うことにより敵情を知る威力偵察である。

粕川を渡り暫くすると、街道沿いに敵兵らしき者が現れてきた。周囲の田の中にも伏兵が潜んでいるようだ。

「どこの者どもだ」

と、侍大将の田中淡路が大声を出しても返事がない。見たところ百姓一揆ではない、鎧兜を身に付けている者がほとんどだ。

しばし睨み合いが続く、敵が多勢であることを確認した宗昌は、赤石城へ引く機会を伺う。

そこへ弟の宗繁が、五十ほどの兵を引き連れ繰り出してきた。十六歳の宗繁は、これが初陣である。

それをきっかけに激しい戦いが始まった。しかしながら多勢に無勢、しかも敵は鉄砲まで持っている。

「宗繁、ここは引け。俺が殿《しんがり》をする」

乱戦になる前に、宗昌は一旦城へ引こうと考えた。

「いえ、兄上こそお引きください」

先鋒の田中淡路が踏みとどまって戦っているが、矢玉が宗昌の近くをかすめる激しい戦いとなってきた。

（早く城へ引かないとまずい）宗昌は焦った。そして馬を巧みにあやつり、何とか宗繁に近づいた。

「宗繁、早く城へ引け。お前をここで死なせるわけにはいかん」

と、宗昌が言ったと同時に、敵の鉄砲が宗昌の左肩をかすめた。宗昌は何とか落馬を堪えたが、苦痛に顔をゆがめている。その苦痛に耐えながら宗繁に、

「お前は、お前は、叔父宗安殿の子だ」

と、絞り出すように言った。


宗安が甲斐・信濃で武田家の牢人衆として働いていた時、真田幸隆や信綱らが気遣って、真田に縁のある娘を宗安に娶らせていたのである。いや幸隆のことである、追々何かの役に立つだろうと策をめぐらせていたのかも知れない。

腹の大きくなった娘を那波へ送り、そこで子供を無事出産させ、表向きは顕宗の側室の子として育てた。長篠の合戦の一年前のことである。

このことは、那波でも一部の限られた者しか知らない。後々のお家の騒動になるのを避けるためである。しかし家臣らの中では、あの堅物の殿が側室とは信じられん……との声が多く聞かれた。

父顕宗が小田原城での籠城へ出掛けるまでは、宗昌も弟の宗繁は腹違いの弟とばかりと思っていた。顕宗は、小田原行きが親子の最後の別れになることも考え、宗昌のみにこの事実を打ち明けていたのだ。


その後、何とか那波勢は乱戦を切り抜け、宗昌と宗繁は赤石城に撤退することができた。互いの腕

試しとしての緒戦であったことから、那波勢のこの日の被害は軽微であった。しかし敵は思っていた以上に多勢であることがわかった。そして、また明日も押し寄せてくるだろうと思われた。（北条方の城も次々に秀吉の軍に開城していると聞いている。ここは北条の援軍は期待できん。また今となっては、北条に助けてもらっても困る。ここは何としても那波だけの力で切り抜けなければならない）と、宗昌は思った。

本日の戦いの後、城に戻った那波勢の者から、敵の中に見たことのある顔がいくもあったとの報告があった。敵は、ほとんどの者が武装しており、鉄砲までも持っていた。おそらく因縁のある由良が、このどさくさに赤石城を攻め落とし、秀吉への手土産にするつもりであろうと那波の者達は察した。手ごわい相手である。おそらく牢人や百姓に身を落としている旧由良領の者達のみではなく、由良の家臣達も相当多く含まれていると思われた。

宗昌は、いっそう夜中に城に火の手をかけ、赤石城を落ちることも考えたが、小田原で籠城中の父顕宗の立場を案じ思案する。

「兄上、ここは私に任せ、安寿丸（宗昌・宗繁の末の弟）を連れ今夜にでも城を落ちてください。那波の名は私が決して汚しません」

いつも兄の言うことに素直に従っているだけの宗繁が、この時ばかりは、いきなり思いもよらぬことを皆の前で口にした。

宗繁は、今日宗昌から聞かされたことを合戦が終わってからも一日中考えていたのだ。

今までに友右衛門、又右衛門、上泉信綱などから、耳が痛くなるほど宗安の活躍は聞かされていた。

幼いながらも宗安に憧れていた。その宗安が実は自分の父だというのだ、胸が躍らない筈がない。

「兄上、私は那波無理之介の子でございます」

宗繁が、思いもよらぬことを皆の前で突然口にした。力丸日向、又右衛門、友右衛門らは揃って宗昌に目を向ける。彼らは、その事実を知る数少ない者達だ。

宗昌は、気まずそうな顔をした。が、すくっと、立ち上がると、

「明日は、こちらから打って出る。力の続く限り戦うつもりだ。しかしながら、こちらは小勢。敵に追い込まれたら城を焼いて落ちる。それであれば、小田原の父にも害が及ぶことはあるまい」

宗昌はそう言って、一同に目をやる。

「宗昌様、明日は我らどこまでお供いたします」

宗昌が去ろうとする時、又右衛門が言った。友右衛門共々、最後まで奉公をするつもりだ。しかしながら、そんな二人に対し、

「年寄りの出る幕ではない。二人には日向と共に安寿丸を頼みたい。異論は許さん。それに城を枕に討死をする気はさらさら無いぞ」

二人にそう言って安寿丸を託すと、宗昌は宗繁と共に奥に姿を消した。明日は後顧の憂いなく戦えるように兄弟二人、最後の別れをするつもりであろうか。

勝ち目のない戦であった。

だが小勢の那波は、早朝から仕掛けた。粕川を一気に渡り敵陣に突っ込んだ。

那波勢は、相手の意表を突いたことから初戦は有利に進める。が、小勢のため徐々に追い込まれていく。

そして、ついに宗昌が敵の重囲に陥る。手傷を負ったようだ。

そこへ宗繁が「我こそは那波無理之介が子、宗繁なり」と、大声を上げながら味方数騎と共に敵中に槍を振り回し飛び込み、宗昌を救い出す。宗繁は周りの者に指示し、宗昌を後方へ下げさせた。

その後の宗繁は、まるで無理之介が乗り移ったかの如く凄まじい働きである。とても初陣とは思えない。騎馬武者を一人二人つき殺したかと思うと、槍を振り回して鉄砲隊に飛び込み追い払う。攻め手も腰が引けてしまっている。

宗繁は、見たこともない父の顔を背中に背負い、一心不乱に戦い続ける。その顔は喜びを隠せない。

城に戻ると宗昌は、すぐに城に火をつけさせた。そして周囲の動ける者をかき集め、城から再び赤石城を打って出る。手傷は追っているが宗繁のところへすぐに向かうつもりだ。しかし大手門を出たそこには、既に敵の軍勢が押しかけてきていた。

「そうか宗繁、見事な働きだったぞ」

宗昌は、宗繁が既に討死したことを悟る。そして宗昌は馬に鞭をいれ、配下の者と敵中に切り込んでいった。

天正十八年四月二十六日、小太郎宗昌、小次郎宗繁討死である。

小田原での父顕宗を案じ、後は安寿丸へ託せばよいと既に討死を覚悟していたのだろうか、見事な最期であった。

城に火の手が広がり、又右衛門と友右衛門は安寿丸を連れ、赤石城の搦め手から城の西の広瀬川の断崖を下り、用意していた小舟に乗り移った。

「力丸殿、いかがいたした。さあ早く」

と、又右衛門が力丸日向を急がせる。

「いや、わしは殿からこの城を任されておる。任された以上わしが今この城の主《あるじ》だ。わしは、最後までこの城にとどまる。そして宗昌様、宗繁様のお供をするつもりだ」

力丸日向は、覚悟を決めている。

「又右衛門、友右衛門、倅に、佐助にわしの見事な最期を伝えてくれ。歳はとっても敵の一人や二人は道連れにしてやるわ。さらばじゃ」

と、燃え盛る火の中に力丸日向は戻っていった。

伊勢崎市昭和町には天増寺がある。そこには今も那波小太郎宗昌・小次郎宗繁の墓がひっそりとある。墓は宝篋印塔であり、形式、手法とも戦国末期のものであるとのことである。

顕宗の妻と安寿丸については、落城の後、城の西方阿弥大寺《あみだいじ》村の萩原太郎左衛門の所で無事にかくまわれたとある。

豊臣秀吉の小田原征伐の際、赤石城は落城したと記録にある。

現在伊勢崎市内に残る同聚院の門は、小田原征伐の後に伊勢崎に入封した稲垣長茂の屋敷門と伝わっている。赤石城が焼け落ち廃墟となっていたため、長茂は現在の同聚院付近に館を構えたとある。瓦葺きの切妻造りの立派な薬医門の形式である。


小田原攻めの後の秀吉の関東の仕置では、野州（現栃木県）小俣城主渋川相模守義勝は、小田原籠城に参陣したと責められ、領地没収、その身は秋元家に預けられお家断絶となった。その他の籠城した他の領主らについても、ほぼ同様の処分であった。

北条家の旧家臣や城主らはその地から追放され、残った旧臣らは新たな主君に仕えるか、牢人するか、土着して百姓となるかの選択に迫られた。

那波顕宗も他の領主達と同様に、全ての領地と城を没収される。その後の顕宗は主だった家来を連れ、旧知の安田氏を頼り上杉景勝に仕えることになるが、その経緯と、上杉家の中でどのような処遇であったのか、詳細はわからない。


由良氏については、国繁が北条氏直の命に従い三百騎の兵と共に小田原城に籠城していたのにも関わらず処分は甘い。

国繁の母妙印尼が三百の兵を孫の貞繁・繁詮に託し、松井田の前田利家の陣へ参陣させていたためと言われているが、それにしても甘すぎると感じざるを得ない。大道寺政繁の首でも取る手柄を上げたのであれば話は別であるが。

　小田原の役の由良家の処遇については、資料によってまちまちである。但し、由良家が厚遇されたことは間違いない。

『新田正伝記』では、繁詮に横須賀を与えたばかりか、小田原に籠城していた国繁にも常陸国牛久五千石を与えたとある。貞繁については、家康に召し出されて御小姓を務め、後に江州で五千石を賜ったとある。

『那波氏系譜』では、顕宗の留守中に太田の由良氏に赤石城は攻められたとある。

　太田の由良が前田利家の軍に参陣する手土産として、旧由良領の地侍に反乱を起こさせた可能性は十分にあると考えられる。『群馬古城塁址の研究』においても由良氏によって赤石城は攻められたとある。

　北条氏に太田金山城を追われ、当時の由良領はわずか一万五千石に減らされている（おそらく全盛期の十分の一ほどであろう）。北条氏の後ろ盾で赤石城を回復した那波は、由良の格好の標的であった。

　伊勢崎市の北史談会の資料では、赤石城は田部井・国定の三百ほどの軍勢に攻められたとある。田部井・国定も赤石城から粕川を挟んで東側であり旧由良領である。由良の多くの旧家臣らは、北条氏に領地を巻き上げられたことから、旧領にて百姓として土着をしたか牢人になっていた者は多い。

　いくつかの資料では、顕宗が松井田城を攻める上杉景勝の軍へ降伏に向かったことが原因となり、北条方に赤石城が攻められたとあるが、顕宗は他の上州の領主と同様に小田原城にいた可能性が高い。また北条勢の攻撃であれば、寝返りを考えている他の領主達への見せしめとしても、北条の旗印を立てての堂々の赤石城への攻撃となろう。

本書では、由良勢が前田利家の軍に下る手土産として、旧家臣らに赤石城を攻め落とさせたと考えている。

小田原で籠城に参加している国繁の首が飛ぶであろうから、堂々と由良の旗を上げて赤石城への攻撃ができなかったわけである。武士としての振る舞いからはほど遠い。

天正十八年七月十日、北条氏政と氏照は小田原城を出て家康の陣に下り、翌日には切腹となる。そして小田原城に豊臣秀吉が入る。

北条方の有力な城であった八王子城は既に豊臣勢に落とされており、鉢形城も開城し守将の北条氏邦は出家することになる。伊豆の韮山城も開城している。唯一、あの有名な忍城のみが豊臣勢との戦いを続けていたが、小田原城での降伏を受け、七月十六日には開城している。

十五　奥州征伐と成瀬川の戦い

秀吉は小田原城が落ちると、七月十七日宇都宮国綱らと共に下野国に向かい宇都宮城に入る。奥羽の多くの大名らが宇都宮城へ出頭し、ここで秀吉は鎌倉幕府を樹立した源頼朝に倣い、奥羽に対する仕置を行った。いわゆる宇都宮仕置である。

関東は徳川家康に与えられ、家康は松平家乗《いえのり》に那波一万石を与え那波城主とした。

慶長六年（一六〇一年）松平氏は美濃岩村に二万石で那波から移封となる。その後、酒井忠世が河越から加増され一万石で入封し、元和二年（一六一六年）三万二千石で伊勢崎へ転封する。その後は酒井忠能が二万二千石で入封したが、寛文二年（一六六二年）信濃小諸へ転封し那波は廃藩となり、その後は伊勢崎藩に組み込まれていくことになる。

那波顕宗は、他の北条家へ仕えた領主達と同様に全ての領地と城とを没収された。その後の顕宗は、旧知の上杉景勝を頼ることになる。

上杉景勝は宇都宮仕置の後、秀吉の命により大谷吉継を軍監として最上・由利・庄内・仙北など十一郡の検地を命じられ奥羽へ向かう。那波顕宗は那波へ一歩も戻ることなく景勝と行動を共にする。

景勝は武蔵の忍城から、大田原、会津を経て庄内を通り秋田に入った。

「殿、那波からの加勢が、本日新たに百名ほど到着しております」

赤石城落城の際、城と運命を共にした家老力丸日向の息子の力丸佐助が、行軍中に一休みしている顕宗の所へやって来た。

「おお、そうか。皆にご苦労だったと伝えてくれ」

これで、那波は四百程の手勢となる。一門衆からは久々宇又次郎、馬見塚藤次郎など。また腕の立つ高田角平、箱田藤五郎、蓮沼蔵人などである。頼りになる。

「奥州の仕置を終え、どこでも良いから早く落ち着きたいものだな」

顕宗が力丸佐助に言う。

「その為には、この奥羽の地で、なんとしても、ひと手柄上げなければなりませんな」

「見たであろう小田原城での天下の軍勢を、あれを見たら太閤殿下に歯向かう者はもういまい」

顕宗は、小田原での長い籠城戦を思い出した。

「いや、この奥羽の地には、天下の情勢に疎い頑固者がいるかも知れませんぞ。一《ひと》合戦でもあれば良いのですが」

「奥州仕置が終わったら、那波はどうなるかわからん。景勝様の懐具合によるであろうな」

「あの由良めは、まんまとうまく牛久五千石を手に入れましたな。小田原では北条の言うことを『はいはい』と、なんでも聞いておったくせに」

「佐助、由良の名を出すな」

顕宗は突然人が変わったように、声を大にして吐き捨てた。

由良については、思うところは相当にある。が、秀吉の仕置については口を出せない悔しさが感じられる。しかも秀吉にとっては、ありがたい由良の寝返りだ。

「佐助、お前の父はあっぱれな最後じゃ。この顕宗絶対に忘れんぞ」

「赤石城では、多くの者が亡くなっております。父は覚悟をしておったと思います。安寿丸様の無事を知って今は満足しておるのではないでしょうか」

父を思い出したのか、力丸佐助の目が少しうるむ。

顕宗は、妻と末子安寿丸は、無事に又右衛門らが伴い春日山へ到着したとの知らせを景勝から聞いている。

那波は領地を秀吉に取り上げられてしまい、景勝の軍に従軍していない那波の旧臣らの多くは、百姓として今は周辺に土着している。中には、新たに那波にきた松平家乗や親類を頼り他の領主に仕官をした者がいたが、それはわずかである。旧臣達は、この奥州仕置により、那波家が再び景勝か秀吉に取り立てられることに期待をしている。

一行は、秋田に入る。

秋田の小野寺義道は、小田原に参陣したことから、宇都宮仕置きでは所領を安堵されている。しかし、その義道の留守中に「仙北検地騒動」が起こる。

秀吉の仕置では、新しく服属することとなった大名や小領主などの旧領をそのままに安堵するのではなく、一度は太閤蔵入地とした上で改めて与える形を取りその朱印状を与えている。そのためには、まず検地を行う必要がある。いわゆる太閤検地である。

景勝らを奥羽に送る際、秀吉は太閤検地に反対をする者に対し、情け容赦ない処分を取るように景勝らに指示をしている。

仙北地方においては、城の破却は三十五にのぼり、また刀狩が行われ、在地の農民らは武具を取り上げられた。これは地元の小領主、土豪、地侍、百姓らの怒りを買うには十分過ぎるほどの火種であった。

秋田に入った上杉景勝は大森城に入り、大谷吉継は横手盆地の横手城に入った。

九月下旬、検地もひと段落し、景勝がそろそろ越後への帰国を考えていた頃、仙北に一揆が発生した。土豪・地侍・百姓らが秀吉の仕置に反対し一揆を起こしたのだ。

一揆勢力は各所を放火してまわり、増田城（横手市）、山田城・川連《かわつれ》城（湯沢市）に二万四千余の大勢力で立て籠もった。

一揆の知らせを聞いた景勝は、増田城をすぐに攻撃したが、一揆勢は山田・川連の両城から援兵を繰り出す。これに対して景勝は、二千の兵をひそかに川連城に進軍させ一撃を与え、一揆勢を散々に打ち破った。これにより一揆勢は降伏し、無事一揆は平定された。

一揆の背景は、豊臣政権の土地政策に対しての在地領主の先行き不安、検地によって土地支配権や年貢徴収権が失われることへの不満、隠田などの摘発に伴う新たな税への反感などである。

その翌月の十月、横手盆地中部の六郷において、大谷吉継の配下が検地を始めた。その際、地元の領民らが検地を妨害するので、大谷吉継の配下が、その場で三名を見せしめとして斬殺し五名を捕縛した。

これに対し、怒りにかられて蜂起した領民が、吉継の家臣およそ五十人ほどを殺害し山へ逃走した。これを皮切りに、仙北各地で一揆が再び蜂起した。

「どのくらいの兵が城へ立て籠もっているのだ」

顕宗は川向こうの増田城を見ながら、隣に控える力丸佐助に聞いた。

「安田様からのお話では、およそ二千と聞いております」

「天下の兵を相手に一揆を起こすとは、鍋島四郎とは何者だ」

「詳しいことはわかりませんが、横手城主小野寺義道様の庶流であるようです」

「敵とはいえ、あっぱれだな。これは手ごわいぞ」

「景勝様、能元（安田）様からの話では、裏であの伊達政宗が糸を引いているとのことです。ますます油断できませんな」

秀吉の天下の軍勢を相手に、鍋島四郎が一揆の大将として増田城に二千の軍勢で立て籠もっている。

景勝は増田城を攻略するため、一万二千の直属の兵を動員し、増田城を包囲殲滅しようと、増田城から成瀬川を挟んだ南に陣を張った。

しかしながら、思いもよらぬ軍勢が上浦郡の各地で次々に蜂起し、周囲の山田城、川連城に立て籠もり増田城にも援軍を送る。そして一揆勢は、数を頼んで上杉勢を包囲しようと軍勢を展開し始めた。以前の一揆の際、一揆勢は二万四千もの軍勢を集めた。今回はさらに多くの兵により上杉軍を包囲しつつある。どのくらい一揆勢が増えていくのか見当もつかない。

景勝の軍勢は、敵の重囲に陥りつつある。そして、ついに進退が窮まった。

「殿、一揆勢がこれ以上増える前に、まず何としてもここを脱しなければなりません」

直江兼続は、一揆勢の勢いに焦りを隠せないのか、景勝に対するその声がわずかに震えている。

「相手は、一揆勢であっても後ろに伊達政宗が糸を引いております。ただの烏合の衆ではありません。何が起こるかわかりません」

「わかっておる兼続、この川を渡り北の増田城を一気に落としてみせるわ。所詮相手は一揆勢、相手の陣形が乱れたところで東西から挟み撃ちにし、一気に追い落とす。後ろの敵は気にするな。わが上杉は前に進むことあるのみ」

景勝は強気である。

「承知しました、誰か先陣を申し出る者はいないか」

と、直江兼続が声を大にした。先陣と言っても言わばおとりである。さすがの上杉勢も、皆腰が引けている。

そこを末席に座っていた顕宗が、すくっと立ち上がった。

「我々那波に先陣をお任せください。手柄をあげとうございます」

「顕宗、気持ちはありがたいが上杉に恩義を感じることはない、先陣は上杉の誰かに務めさせる」

景勝は、顕宗が那波で二人の息子を亡くしたと聞いている。先陣と言えば聞こえはいいが実質おとりである。ここは何としても引き止めたい。

「小田原開城の折、景勝様が那波を気にかけてくださり、ここまでお供をさせて戴きました。顕宗、この御恩を返す機会がないものかと思っておりましたが、まさに今がその時かと思います。この機会に是非、今までの御恩をお返ししたいと考えております」

顕宗の顔は、既に覚悟を決めたように見える。

景勝は顕宗の決死の覚悟を悟った。また、顕宗の性格からして、一度口に出したからには、引けと言っても、もう聞かぬだろうと思った。

「顕宗、先陣はおとりだぞ」

「おとりではありません。増田城への一番乗りをするつもりです」

そのやり取りを聞いていた安田能元が横から、

「顕宗殿、那波勢だけでは厳しかろう、安田隊から二百をつけよう」

「景勝様、藤田隊からも二百ほど加勢を出しとう思います、那波には河越の合戦での鉢形城の恩義があると、亡き父重利から生前に散々聞かされております」

藤田信吉も加勢を出してくれるという。二人は上杉勢のこの危機に、おとりを買って出た顕宗の意気に感じ、腕に覚えがある精鋭達を付けるつもりである。

「構いませんが、一番乗りはこの那波ですので」

そう言い顕宗は、那波勢に出陣の支度を急がせる。

「顕宗殿、敵を崩したら何としても一番乗りを、この信吉、必ずや一揆勢を突き崩し那波勢の一番乗りに続きますので」

藤田信吉は、がっちりと両手で顕宗の手を握った。それに続き、安田能元も顕宗の手を握る。

最後に、景勝が声を掛ける。

「顕宗、決して無理をするな、良いな」

「景勝様、無理を承知でやるのが那波です」

と言い顕宗は馬に乗った。周りの者もこれに続く。そして那波勢は出陣していった。

景勝は、出陣をする顕宗の背中を見て、かつて義父謙信から、那波無理之とは顕宗の兄であると言われたことを思い出した。

（謙信公が、信玄から早く那波へ取り返せと再三言っていた、あの那波無理之介だったたな……）と心の中で呟いた。


おとりである顕宗は、堂々と旗印を立て成瀬川へ向かう、そして成瀬川に突っ込んだ。正面の一揆勢を派手に打ち破り、一気に増田城へ突入するつもりだ。

那波勢を中心とした八百の兵は、成瀬川の渡河で、まずは敵の鉄砲と弓矢の洗礼を受ける。先頭の兵が何人か倒れるが構わず突入し、正面の一揆勢との激しい戦闘が始まる。討死を覚悟している顕宗を察し、家臣達は主君をかばい懸命に戦う。馬廻りの高田角平、蓮沼蔵人が顕宗の身代わりとなり敵の銃弾に倒れた。

しかしながら那波勢は一歩も引かず、増田城を目指し一直線に突き進む。これにつられて、左右の一揆勢が那波勢を包囲殲滅しようと回り込んでの攻撃を始める。

その時、

「それ、今だ」

と景勝が采配し、隙のできた一揆勢に上杉勢が東西から襲い掛かる。西から安田勢、東から藤田勢が回り込み、激しい戦いが始まる。

那波勢は、景勝の本隊により敵が混乱したその隙を突き、さらに増田城を目指す。

増田城は河岸段丘の微高地にあり、周囲を土塁と壕で囲った単郭の平城である。

多くが討たれ小勢になってしまった那波勢ではあるが、一気に増田城一番乗りを目指し駆け上がり、見事一番乗りを箱田藤五郎が果たす。しかしながら、その後増田城から繰り出してきた新手の一揆勢に囲まれ、那波勢は壊滅する。顕宗が最後まで槍を取って奮戦をしていた姿を景勝は遠くに見ていた。

その後増田城の一揆勢は、城に攻め上がってきた安田勢、藤田勢により討ち果たされる。

一揆勢は、この増田城が落城したことにより、横手市の浅舞《あさまい》城・柳田城、湯沢市の山田城・川連城などの拠点を次々に上杉勢に殲滅され崩壊した。

最終的に仙北一揆において一揆勢は、およそ千六百の首を討ち取られ、上杉方も二百以上が討死し、負傷者は五百以上にのぼったと記録にある。

十六　那波家、その後

那波顕宗は仙北一揆にて、秋田県増田町の成瀬川の渡河戦にて討死した。

赤石城で既に二人の子を亡くし、那波家の将来のため我が身を投げ打ち、那波家の将来を安寿丸に託し、まさに死に場所を得たりと獅子奮迅の最期であった。

仙北一揆にて顕宗と共に討死にした家臣、那波十四騎の供養碑は、現在も伊勢崎市泉龍寺の那波顕宗の墓の隣にある。最後まで顕宗と戦い抜いた面々である。

五十嵐近江守、久々宇又次郎、馬見塚藤次郎、長浜越前守、高田角平、草加辺半右衛門、蓮沼蔵人、井田甚十郎、加藤与右衛門、高田庄蔵、箱田藤五郎、村田佐吉、岡部惣領次郎、塩原藤助とある。

安寿丸のその後については、『貞廣記』に詳しい。（但し『貞廣記』は、仙北一揆から百年以上も後の享保十三年（一七二八年）に書かれたものであり、幾つかの疑問点はある）

安寿丸は安田能元の養子となり、安田上総介俊広となり安田家を継ぐことになる。那波家の家来衆の半分はそれに従ったとある。

義父安田能元は、安田景元の子として越後国安田城で生まれ、幼少の頃から小姓として上杉謙信に仕えていたという。

安田能元は、上杉家の会津米沢への移転の際、若松城受け取りの総大将である。安田能元は、関ケ原の役では白河に出兵。那波譜代の多くの家臣もこれに従い、白河へ従軍している。

しかしながら関ケ原の合戦の後、上杉家は会津米沢百二十万石から米沢三十万石となり、山王堂、尾越、五十嵐氏などは上杉家の米沢移転に従っているが、多くの那波譜代は暇を出されたと記録にはある。


元和八年（一六二二年）、那波より俊広の元へご機嫌窺いの書状を井田瀬兵衛、高田三十郎が持ってきたとある。その年は、伊勢崎市の泉龍寺で行われた那波顕宗の三十三回忌の法要があった年である。多くの那波旧臣らが集まっている。

寛文九年（一六六九年）安田清元（俊広嫡男）の江戸勤番のおり、那波旧臣の力丸三益がご機嫌伺いに江戸屋敷を訪問し、当時那波に在住していた那波譜代衆の名簿を差し出している。

安寿丸、安田上総介俊広（安寿丸）の墓は、今も米沢市川井の慶福寺にある。


さて、又右衛門と友右衛門である。

前橋市史では、酒井家への那波旧臣の取り立てについての記録がある。

酒井忠世は、元和二年（一六一六年）に伊勢崎・大胡三万二千石を拝領している。それに伴い多くの地侍層の取り立てがあったとある。

明治四十三年編の『名和村郷土誌』にて、根岸友右衛門、福島興市右衛門の両名が、酒井家に新たに召し出されたことから、山王堂の本妙寺の鬼子母神堂を建立した話が記されている。

根岸氏と福島氏の墓は今でも山王町にあり、付近の人々には寮跡《りょうあと》と呼ばれている。中世末と考えられる阿弥陀石仏がある所である。寛延二年（一七四九年）前橋藩の姫路転封の際、両家からこの墓の管理をくれぐれもと、山王堂の村人らに依頼をしてから去ったと伝えられている。

根岸又右衛門については、那波領内の田中村に土着し分限百姓と呼ばれていることが寛永十八年の検地帳にある。また酒井駿河守家臣松崎郷右衛門の子女を孫が妻に迎えているなど、子供や孫の代においては、酒井家家臣や徳川旗本との血縁関係が多く見られる。

天和八年（一六二二年）、伊勢崎市の泉龍寺で執り行われた那波顕宗三十三回忌の法要での記帳では、多くの那波旧臣の名がみられる。

これらの那波家旧家臣達の子孫は、今も多く群馬県伊勢崎市やその周辺に土着をしている。

戦国時代の荒波のなか、多くの苦難を乗り越え、祖先達が生きていたその地に、子孫達はたくましく根づいているのである。

完

あとがき

那波氏の一貫した歴史資料はない。資料によってまちまちな記述となっており不明な点も多い。歴史に埋もれた小豪族那波氏についてこのような形にて歴史小説としてまとめたことにより、ドラマティックでダイナミックな戦国時代を愛する多くの歴史小説ファンの裾野を少しでも広げられれば幸いである。

根岸家の先祖については、亡き父親が祖父より「もともとは関八州を治めている殿様に仕えていたが、身内同士で戦うことに嫌気がさし帰農した。先祖の名前は根岸又右衛門だ。過去帳は真光寺（現伊勢崎市今井町）に行けばわかる。それ以前は、鎌倉の円覚寺だ」と散々聞かされていた。しかしながら、当時はその話を全く信じていなかった。

父が晩年病に倒れ、私が代わりに先祖について調べていた際、偶然にも伊勢崎市の図書館にて、元禄十四年（一七〇二年）の那波一門家系図の中に、根岸家の先祖の家系図を発見した。それが本書を書くきっかけとなっている。

その家系図は、一六〇〇年頃からのものであり、根岸家では大江系那波一門の力丸氏、田中氏との婚姻関係が目につく。しかしながら那波家滅亡後は、徳川家家臣の伊勢崎藩酒井家の家臣や旗本との縁組が多く見られる。

根岸又右衛門は、元和八年（一六二二年）の奥州で倒れた顕宗の三十三回忌の法要にて記帳を行っていると記録にある。家系図から見ると又右衛門の名は世襲の名の様で、孫の代においても同様に又右衛門の名が見られる。

伊勢崎藩酒井家は、後に姫路に移封となっているが、もちろん姫路市や米沢市にも足を運び、米沢市の図書館では『貞廣記』をマイクロフィルムで拝見させて戴いている。

本小説を書くに当たり、那波家についての多くの郷土資料や文献を参考にさせて戴いた。郷土史家の方々の研究により助けられたことを最後に特記したい。

尚、本小説では小次郎宗繁を那波無理之介の子としているが、これについては著者が考えたもので歴史上何ら裏付けがない。異論のある方もいるかとは思うがご容赦戴きたい。

安寿丸、安田上総介俊広（安寿丸）の墓は、今も米沢市川井の慶福寺にある。

【著者紹介】

藤原　文四郎（ふじわら　ぶんしろう）

群馬県伊勢崎市出身。
1980 年代より、半導体などの電子部品の研究開発に従事する。大手日本企業、ヨーロッパのグローバル企業、香港企業、シリコンバレーのコンサルティングファームなどに国内外で勤務する傍ら郷土の歴史を探究する。陽明学徒であり、家庭を愛する愛犬家でもある。
新潟大学大学院修了、技術経営修士。

上州《じようしゆう》国《くに》盗《と》り物語《ものがたり》　那《な》波《わ》一《いち》門《もん》史《し》

2023 年 7 月 23 日　第 1 刷発行

著　者 ― 藤原《ふじわら》　文四郎《ぶんしろう》

発行者 ― 佐藤　聡

発行所 ― 株式会社 郁朋社《いくほうしや》

〒 101-0061　東京都千代田区神田三崎町 2-20-4
電　話　03（3234）8923（代表）
ＦＡＸ　03（3234）3948
振　替　00160-5-100328

印刷・製本 ― 日本ハイコム株式会社

装　丁 ― 宮田　麻希

落丁、乱丁本はお取り替え致します。

郁朋社ホームページアドレス　http://www.ikuhousha.com
この本に関するご意見・ご感想をメールでお寄せいただく際は、
comment@ikuhousha.com までお願い致します。

©2023 BUNSHIRO FUJIWARA Printed in Japan ISBN978-4-87302-790-6 C0093